押し売り作家

「どうもどうも、お待たせして申し訳ありません、失礼しました」

西日暮里太郎《にしにっぽりたろう》は小部屋に入りながら云った。小部屋は赤潮社《せきちょうしゃ》の本館内にある面談用のものである。ここで作家やイラストレーターなど外部クリエーターとの打ち合わせをするのだ。

赤潮社は国内最大手の出版社のひとつで、西日暮里はその出版部に属する編集者である。

「こちらこそ、無理を云ってしまいすみません」

小部屋で待っていた面談の相手が、立ち上がって深々と一礼した。西日暮里はさりげなく相手を確認する。なるほど、出版業界のパーティーなどで見たことのある顔だった。年の頃は五十代半ばだろうか。冴えない容貌の中年男である。背が低く小太りの体型で、腹回りがだぶついているのに全体的に貧相な印象の人物だった。頭頂部も薄くなってきており、ぱっとしない外観には、そこはかとなく小物感が漂っている。名前は確か、倉――えーと、何だっけ、度忘れした。まあ、その程度の知名度の作家だ。確か、本格ミステリなどを書いているはずだったけれど、あいにく著書を読んだ記憶はない。

「わざわざご足労いただき申し訳ないです。本来ならこちらの方から伺うのが筋なんですが」

西日暮里が椅子を勧めながら云うと、

「いえいえ、こちらこそお時間を割いていただいて、すみません、お忙しいところを本当にどうも」

と、貧相な作家は、語尾をもごもごと消えさせる気の弱そうな喋り方で再度頭を下げ、腰を下ろした。

正直、あまり会いたいと思ってはいない西日暮里である。担当している某著名ミステリ作家に、どうしても一度会ってやってくれと紹介されたので、仕方なく時間を作ったのだ。

向き合って座り、少しだけ雑談をする。紹介者である著名作家の新刊の話や、近頃の出版界の景気動向など、当たり障りのない会話だった。

形ばかりの雑談が途切れたのを機に、本題に入った。中年作家は傍らに置いた大きな鞄から、紙の束を取り出した。Ｂ５判の大きさで、文字がプリントアウトされたものだった。

やっぱりか、と予測通りの展開に西日暮里は少し身構える。紙束の一番上の一枚に、仰々しいタイトルが印刷されていた。やたらと画数の多い一見読めない漢字を並べた題名だ。しかし今時『〜〜殺人事件』というセンスもどうかと思う。

「えーと、こちらは？」

と、西日暮里が少しとぼけて尋ねると、

「原稿です」

中年作家は大真面目な顔で返してきた。

「もしよろしかったら、そのう、赤潮社さんから出していただければと思いまして」

「うーん、そうですか。そういうご用件でしたか」

と、西日暮里は、判りきったことをたった今気付いたふうを装って云った。

「ご用向きは承知しましたけれど、ただ、まあ、何と云いますか、この出版不況のご時世ですんでねえ、えーと、その、弊社としても、出版スケジュールも色々と詰まっているというのが現状でして、要するにちょっと、今すぐに刊行するというのは若干厳しいものがあると云いますか何と云いますか、ははは」

笑って誤魔化そうとした。本音を云ってしまえば、すっぱりと断ってしまいたい話だった。だってこの人の本、売れたなんて噂は聞いたことないんだもんなあ、と西日暮里は考えていた。筆歴こそ二十五年近いが、代表作と呼べるものもなければヒット作にも恵まれない、はっきり云うとショボい経歴の作家だ。妙に遅筆なくせに、かといって何かこだわりがあって書いている様子もなく、毒にも薬にもならない類の本ばかり出している。赤潮社から本を出したこともないはずで、西日暮里自身も無論これまでに付き合いはない。今さらこの作家の本を出したところでなあ、というのが偽らざる心境だった。紹介者の売れっ子作家の手前、無下に扱うわけにもいかず、さてどうしたものか、と西日暮里は思案する。そして、とりあえず口を開き、

「今はもう、とにかく刊行点数さえ増やせばいい時代とは違ってきていますんでねえ。書店さんの棚にも限りがありますし、数打てば当たるというわけにもいきませんし。もしどうしてもお急ぎだというお話でしたら、別に弊社からの出版にこだわる必要もないかと思いますが」

「待ちます」

と、中年作家は、やけにきっぱりと云った。

「もし他の作家さんの本で出版スケジュールが詰まっているんなら、それが空くまでいくらでも待ちます。半年でも一年でも。こちらとしては出していただければそれで充分ですので」

腰を低くした口調で、作家は云う。媚《こ》びへつらうみたいな作り笑いが卑屈だった。

「そうですか、いや、お急ぎでないのなら、まあどうにかならないでもないんですけど、た

だ、こればかりは私の一存だけで何とかなるものでもありませんので」

と、西日暮里は、言葉尻を捕らえられないように慎重に言葉を選びながら、

「上のゴーサインが出ないと刊行には至らない、という当社の不文律もありますしねえ。私がよくても編集長の方からダメが出るケースも少なくないわけでして、今回もひょっとするとそうなる可能性もなきにしもあらずで」

「ダメが出たら書き直します。ＯＫが出るまで、何度でも」

「ええ、内容の方はそれでクリアできるとしてもですね、近頃は営業さんもどうにも厳しいんですよ、実際のところ」

「厳しいですか」

「ええ、そりゃもう。営業の方が云うには、とにかく売れる本を作れと、まあ、そういう無茶振りばかりで。話題性があって読者の目を引く本でなくちゃダメだ、と口うるさく注文をしてきましてね」

「私の久しぶりの書き下ろし、ということで一応の話題性は狙えるかと思いますが」

「なるほどなるほど、それはもちろん、あるでしょうねえ、話題性」

と、うなずきながらも西日暮里は、いや、この無名に近い作家の本がそういう点で話題になるとは到底思えないんだが、と考えつつ、

「ただ、私も担当している作家さんを抱えすぎているという問題もありまして、ちょっと許容量をオーバーしているというのが困ったところでしてね。せっかくのお原稿をお預かりしてもなかなか腰を据えて拝読する時間が取れるという確約は、ちょっとできかねると申しますか何というか、保証できないというのが現状でしてねえ」

何とか諦めて引き下がってくれないかなあ、と思いながら西日暮里が曖昧な言葉をのらりくらりと並べても、相手は食い下がってきて、

「もちろん待ちます、西日暮里さんのお時間が空くまでいつまでも待ちますんで、どうにかお目通しいただければと」

「そうおっしゃいましても、あまりお待たせしても申し訳ありませんから。どうでしょう、弊社だけにこだわる必要はありませんので、他社さんに回していただくこともご検討されては」

「はあ、そういう手もあるのでしょうけど、それでも待たせていただいてよろしいでしょうか。私は待ちます、一年でも二年でも、お手空きになるまで」

おもねるような口調で中年作家は云う。

そうしてしばらくの間「難しいです」「そこを何とか」という攻防を繰り返してから、

「では、一応お預かりするという方向で」

と、西日暮里は妥協するに至った。作家の粘り腰に押し負かされた形だが、もちろん原稿に目を通すつもりなどさらさらない。

西日暮里は念を押して、

「本当にお預かりするだけになるかもしれませんけど、構いませんね」

「はい、構いません」

「で、お原稿のデータはお手元にあるんですよね」

「ええ、一応」

「だったら何度でもプリントアウトはできますね。他社さんへの持ち込みも可能でしょう。こちらとしては、そういう形で決着しても一向に気にしませんので」

割と露骨に、待っていても無駄だとほのめかしたが、作家は頑《かたく》なだった。

「ええ、それはそれとしても、待ちます。いくらでも待てますので、くれぐれもどうかよろしくお願いします」

本を出してほしくて必死なんだなあ、と西日暮里は同情しかけたが、いや、ここは心を鬼にしなくてはいけない、と考え直す。この作家の本を出版しても、こちらにメリットは何もないのだから。むしろ紙代と印刷代で赤字になるに決まっている。

このまま何となくうやむやにしてしまえ。

西日暮里はそう心に決めた。

＊

御《お》徒町《かちまち》一郎《いちろう》は応接室に入りながら声をかけた。

「お待たせしてすみません、御徒町です」

御徒町は謹談社《きんだんしゃ》文芸第三出版部の編集者である。謹談社は業界でも最大手の出版社のひとつだ。文芸第三出版部ではｗｅｂ誌と単行本の出版を担当している。ノベルスと呼ばれる普通より小さい判型の本がセールスポイントのひとつである。

応接室で待っていた客は立ち上がって、卑屈な態度で頭を下げた。

「いえいえ、こちらこそお時間を取らせてしまって申し訳ありません。本当にもう、面目ないです」

語尾が、もごもごと消える。年齢は五十代半ばだろうか。冴えない風貌の中年男だが、これでも一応作家だった。背が低く小太りの体型で、腹回りに無駄な贅肉がついている。突き出た腹部からは貫禄は感じられず、かえって貧相に見えるという変わった印象の人物だ。頭髪も乏しくなりかけていて、全体的にうらぶれている。名前は確か、倉――ん？　倉、何だっけ。いかん、度忘れした。まあ、その程度の作家ということだ。名前すら忘れるほどずっと低空飛行を続けている、ぱっとしないミステリ作家である。

今日来社してもらったのも御徒町の意志ではない。とある売れっ子ミステリ作家の紹介があり、やむなく面会する機会を設けただけだ。確かあの人気作家と同時期くらいのデビューだから、この貧相な作家も筆歴だけは二十五年ほどもあることになる。知名度や売れ行きは雲泥の差だけれど。

応接室のソファで向かい合って少し雑談したが、あまり知らない相手なので話題はすぐに尽きてしまった。

「ところで、本日はどういったご用件で？」

御徒町が水を向けると、中年作家はおずおずと、

「実は、これなんですが」

プリントアウトされた紙の束を鞄から取り出してきた。

ああ、やっぱり売り込みか、ピンと来た御徒町だったが、空っとぼけて聞いてみる。

「えーと、それはお原稿ですか。ウチでご依頼していましたっけ？」

「いえいえ、そういうわけではないんですが、そのう、ただ、できれば謹談社さんで本にしていただければと。一応、力作のつもりですので」

と、中年作家はへつらうように云って、愛想笑いを浮かべた。

テーブルに置かれたＢ５判の紙束の一枚目にタイトルが書かれている。うーん『〜〜殺人事件』って、ちょっとセンスが古いんじゃないかなあ、と御徒町は内心で顔をしかめた。やたらと画数の多い漢字をぐだぐだと並べてあるのも、今時いかがなものかと思う。この作家は本格ミステリといわれる系統のものを書いているはずだが、さすがにこの題名は時代遅れなのではなかろうか。

「お願いします、是非ご一読を」

中年作家は何度も頭を下げた。

原稿に触ったら引き受けなくてはならない流れになるような気がし、それを恐れて御徒町は紙束に手を伸ばすことなく尋ねる。

「この御作、何枚ありますか。随分厚いようですけど」

「八百五十枚です」

作家は自慢げに胸を張った。

「八百五十枚。原稿用紙換算で、ですね」

「はい」

「それはそれは、力作ですね」

「ええ、頑張りました」

「うちのノベルスですと、三百五十ページを超えると値段が税込みで千円を超えてしまうんですね。本が厚くなると必然的に定価も上がるからです。昔はともかく、最近では厚い本はとかく敬遠される傾向にありましてね、読者が手に取ってくれないんです」

と、御徒町はさりげなく、断る方向へ話を持って行こうとした。この作家の本は売れないことで業界内でも有名なのだ。読者の人気もない。何冊か斜め読みしたことがあるから、内容も大して面白味があるわけではないのも判っている。

しかし、御徒町の遠回しの拒絶に対して、

「切ります」

作家は即答した。

「無駄な描写があったらご遠慮なくご指摘ください。カットして厚さを減らしますから」

「そうおっしゃるのなら、まずはご自身で削っていただいた方が効率がいいと思いますが」

「判りました、削ります」

作家は節操もなく云って、

「どのくらいの分量を目安に削ればいいでしょうか」

「そうですねえ、せめて七百枚くらいになれば」

「します、七百枚に」

そんなに簡単に短くできるものなのだろうか。御徒町は首を傾げたくなってしまう。そういえば何冊か斜めに読んだこの作家の本、やたらとだらだらとした長ったらしい文章が頻出していたのを思い出してきた。冗長でくどい。それもつまらなく感じた一因だったっけ。もちろん、面白くないのはもっと根本的な原因があるのだろうけれど。

「まあ、カットして短くなるのはいいことですが、問題はそういう面だけではないんです。近頃はノベルスもすっかり売り上げが頭打ちの状態でしてね」

「そんなことはないでしょう、講談社ノベルスといえば立派なブランドじゃないですか」

貧相な中年作家は真顔で云った。まんざらお世辞でもないようだったが、おだてられても御徒町の気は変わらない。

「いやあ、それも今や昔、昔日《せきじつ》の夢ですよ。今ではノベルスも点数が限られていまして、作家さん達には順番待ちをしてもらっているくらいですからね」

「だったら待ちます、私も。順番が回ってくるまで、いつまでも待つ覚悟はあります」

「いやいや、そうおっしゃっていただいても、本当にいつになるかお約束はできかねますが。出版計画も部内の打ち合わせで決めますんで」

「構いません、待ちます」

と、中年作家は云う。よっぽど本を出したいらしい。

「困りましたねえ、刊行に漕ぎ着けるかどうか、保証はないんですよ」

「ええ、大丈夫です。待つのは慣れてますから」

と、卑屈な笑顔で中年作家は云い、原稿の束をテーブルの上に滑らせて、こちらへ近づけた。

「本当に、確約はできませんからね」

参ったなあ、エラいもの預かっちゃったなあ、と内心辟易しながら御徒町は原稿に手を伸ばす。まあいいや、何となくフェードアウトする方向に持って行こう。

＊

五反田《ごたんだ》三平《さんぺい》は会議室に入った。

ＫＡＤＡＫＯＷＡ書店本社ビルの三階で、会議だけでなく来客との打ち合わせにも使う部屋だった。ＫＡＤＡＫＯＷＡ書店は大手出版社のひとつで、五反田はそこで文芸書籍編集の仕事に携わっている。

「わざわざお時間をいただいてすみません」

来客の中年男が立ち上がり、へこへこと頭を下げた。五十代半ばで背が低く、小太りの男である。頭頂部の髪が危うい貧相な印象の人物だが、これでも作家だ。腹がぼってりと中年太りで出っ張っているのが恰幅の良さには繋がらず、逆にみすぼらしく見えるところが貧乏くさい。名前は倉――あれ？　倉、何だっけ？　度忘れした。確か、倉ナントカだったはずだけど、まあ、いいか。さる人気ミステリ作家の紹介で会うことになったが、この作家とは今まで付き合いがなかった。名前すら曖昧だ。

挨拶を終えると向き合って座り、五反田は早速切り出した。

「さて、何かお話があるそうですが、弊社にどういったご用向きで？」

「はい、それが、実は――」

もじもじと卑屈な態度で中年作家は、荷物の中から紙の束を取り出した。B5判の大きさで、どうやらプリントアウトした原稿のようだった。一枚目に『～～殺人事件』というタイトルと、著者名が書いてある。それでやっと、度忘れしていた相手の名前を思い出した。そうでもしないと思い出せないほどの無名の作家なのだ。それにしてもアナクロなタイトルだなあ、と五反田は顔には出さずに呆れていた。何とも古くさいセンスである。やたらと画数の多い漢字ばかりずらっと並べてあるのも、仰々しすぎてかえって興醒めする。まあ、作者の年齢が年齢だし、瑞々《みずみず》しい感性を求めるのも酷な話か。確か二十五年選手のはずだけど、ずっと売れないままよくやっているよなあ、とその点には感心する。いや、感心というか、これもいささか呆れているのであるが。そういえば確かこの作家、新人賞も獲っていないはずだ。こういう人ってどういう経緯でデビューしてくるのだろうか。

そんなことを考えながら、五反田はテーブルの上の原稿をパラパラとめくった。びっしりと文字が印刷してある。

「ええと、これは新作、ということでしょうか」

「はい、できれば御社で出していただけたらと思いまして」

と、中年作家は卑屈な笑い顔で、媚びるように云った。

「うーん、そうですか」

五反田は曖昧に返答した。大方こんなことだろうと思った。要するに、売れない作家の売り込みだ。しかし、紹介者の人気作家氏には申し訳ないが、この原稿を本にする気にはなれなかった。売れない本をわざわざ出版しても仕方がない。本格ミステリは売れる人と売れない人とで大きな差が出るジャンルである。売れる作家はコンスタントに版を重ね、その作品はテレビドラマや映画になったりもするが、売れない場合は初版がまったく動かないで返本の山を築く。無論、この貧相な中年作家は後者に属している。

「えーと、他社さんはどうか知りませんけど、ウチでは企画会議を通してそこで刊行する本を決定するシステムを取っているんです。会議の出席者全員が企画書を読んで、面白いと納得した本だけを出す決まりになっています」

「会議を通る自信はあります。トリックも新機軸で、面白いはずです」

と、中年作家はおもねるような上目遣いで云う。どうしても本を出したいらしかった。恐らく、売れなくてジリ貧なのだろう。

「うーん、どうでしょうねえ」

と、五反田はまたもや曖昧に云った。一体誰がその企画書を書くと思っているのだろうか。有名作家の新作ならともかく、無名作家の新刊の企画書など、どうモチベーションを上げても書く気になれるとは思えなかった。かわいそうだが、力になれそうもない。

そんなこちらの態度をどう解釈したのか、中年作家は卑屈な目つきのままで、

「あの、もし何でしたら、文庫書き下ろしという形でも構いませんけれど。その方がコストも安く済むでしょうし」

「ああ、それだったら文庫担当者をご紹介しますよ」

「あ、いえいえ、もちろんできれば単行本の方がありがたいんですが」

「うーん、そうですか、いや、どうでしょうねえ」

と、五反田は意味のない相槌を返す。文庫の編集部にたらい回しにしようかとも思ったが、紹介者の人気作家の顔を潰すわけにもいかず、悩ましいところではある。

しかしそれにしても、よっぽど困窮しているのだろう。中年作家はどうしても本を出したいようだ。

ただ、気の毒ではあるけれど、やはり売れない本は出せない。万一、五反田が渾身の企画書を書き上げて企画会議をすり抜けたところで、内容を読んだ編集長からストップがかかるに決まっている。この中年作家の本が面白いという評判など聞いたことがないから、そのくらいは想像がつく。

そんなこんなの末、一応原稿だけは預かるというぼんやりした決着でお茶を濁すことになった。

「是非、読んでください。読んでいただければ印象も変わるはずです」

中年作家は、愛想笑いでそう云った。

何だか申し訳ないな、と五反田は思った。

原稿は多分手をつけられないまま、編集部のデスクに積み重なった紙束の山脈に紛れ込み、永遠に埋もれてしまうことがほぼ決定づけられているからだった。

＊

大手出版社、文學春秒社《ぶんがくしゅんびょうしゃ》の本社ビルの一階はラウンジのような造りになっている。実際に、飲み物も供される。作家やライター、イラストレーターや装丁デザイナーなどがひっきりなしにやって来て、ここで打ち合わせを行うのだ。

文學出版局の編集者、田端一夫《たばたかずお》も、打ち合わせのために編集部のある階から下りて来た。テーブルのひとつに待ち合わせの相手が待っていた。

「どうも、わざわざおいでいただいて申し訳ありません」

田端にとって、初対面の客だった。担当している著名ミステリ作家の紹介があったのだ。

待ち合わせの相手は貧相な印象の中年男だった。年齢は五十代半ばくらいだろうか。背が低く、小太り。腹回りに贅肉がついていて、あまり見映えがしない。頭頂部の髪が薄くなっているのも貧乏くさく見える理由だろう。名前は倉――えーと、何だっけ、度忘れした。印象に残らない名前だ。それくらい業界での影が薄い存在である。確か、本格ミステリを書いているはずだったが、作品の印象も薄く、そのタイトルは一冊たりとも思い出せなかった。

田端はソファに座って、ラウンジの係員にコーヒーを頼んだ。

中年作家の用件は予想していた通りだった。

持ち込みだ。

この作家の本は文學春秒社では扱ったことがない。

そして、他社で売れたという話も聞かない。

失礼かもしれないが、はっきり云ってしまえば取るに足らない無名作家である。

その無名作家が差し出したプリントアウトされた原稿は、思ったより厚みがあった。B5判の大きさの紙束で『～～殺人事件』という、やたらとごてごてした漢字を使った長いタイトルがついていた。

田端はその分厚い原稿を前にして、困惑することしきりである。

困ったな、どう断ろうか——田端の頭を占めているのはその一点だけだった。あまり冷淡に撥《は》ね付けても、ひと回り年上のおじさんをいじめているみたいで居心地が悪い。

「もしよろしかったら、読んでいただいてご感想だけでもいただけたらと」

卑屈な愛想笑いで、中年作家はそう云った。

「そうですか、しかし、あまりよいお返事はできないかもしれませんよ」

田端は暗に、断ることをほのめかして云う。正直、有名でもなく売れてもいないマイナー作家の本を出す余裕はない。そうでなくても売れっ子を何人も担当している。イレギュラーな原稿など、読んでいる暇さえあるかどうか判らない。

「構いません、ご感想だけでもお聞かせ願えれば。いえ、もちろん出版していただければそれが一番ありがたいのですけど」

媚びるような低姿勢で中年作家は云った。

「とはおっしゃっても、なかなか読む時間は取れないかもしれないです」

田端は抵抗を試みる。

「ご無理を承知でここはひとつ、お願いします」

「しかし、こちらも色々と立て込んでおりまして、ご期待に沿えるかどうか」

「そこを何とか」

「そう云われましても」

とか何とか、そういった不毛なやり取りで無駄な時間を散々費やした挙げ句、

「お願いします、是非、読んでみてください、この通りです」

売れない作家はその場で土下座でもしかねない勢いで拝んできた。

「いやいや、頭を上げてください、こんなところで困ります。いやあ、参りましたね、しかし、そこまでおっしゃるのなら、ではまあ、お預かりするだけはします。ただ、過度なご期待はなさらないでください」

渋々と、田端は原稿の束を受け取った。

「ありがとうございます、ありがとうございます。どうぞよろしくお願いします」

中年作家は嬉々として、また何度も頭を下げた。田端としては苦々しくそれを眺めるしか

なかった。困ったな、うまくあやふやにできればいいんだけど、と思いながら。

＊

とある文学賞贈呈パーティーの会場を、斑島紺介《まだらじまこんすけ》は歩いていた。

パーティーは都内の一流ホテルの大ホールで開催され、盛大で華やかなムードに包まれていた。大勢の出席者達が歓談し、大皿の料理や酒を楽しむ喧噪《けんそう》の中、斑島は人垣をすり抜け、人波の大海を泳ぐように進んで行く。

斑島は東京方言社《とうきょうほうげんしゃ》という中堅どころの出版社で編集の仕事をしている。元々は海外古典ミステリや翻訳SFに強い会社だったが、斑島が入社した二十年ほど前からは国内作家の作品も手がけるようになった。この事業拡張は大成功を収めた。今では多くの国内作家の本を出版しており、斑島自身もそちらの担当をしている。自らが立ち上げた企画で、国内新人作家を積極的に起用した叢書《そうしょ》〝ミステリ・フロマージュ〟も大いに好評を博し、今や通算百冊を超える人気レーベルに育っていた。

斑島がよその出版社の主宰する文学賞のパーティーに顔を出しているのも仕事の一環だった。こうしたパーティーには作家も大勢やって来る。編集者にとって効率よく仕事を片付ける好機なのだ。幸い今回の受賞者は斑島が直接担当している作家ではない。べったりフォローする必要もないので、自由に動き回る余裕がある。

人の波を泳ぎ、斑島は次々とお目当ての作家を捕まえた。自分の担当する作家達である。続けざまに五人ばかりと具体的な打ち合わせをする。新作の進捗《しんちょく》状況を確認し、新刊の刊行時期を決め、次の〆切りを伝達し、参考文献のアドバイスをして、ゲラの受け渡し日程を調整する。いつも逃げ回ってばかりいる作家も二人ほど捕獲して、いいから早く書けと尻を叩いて焚き付ける。遠方在住でなかなか顔を合わせられない作家にも挨拶を欠かさない。スランプ気味の作家の愚痴に付き合って、大丈夫ファンが新作を待っている読者さんのためにも頑張りましょうお金だって必要でしょうと、言葉を尽くして誠心誠意励ました。

そうして次々と用件を済ませていると、見知った顔が揃っているのを発見した。斑島はまた、泳ぐような足取りで人波を縫い、そちらへ向かった。

同業他社の編集者が四人ばかり、グラスを片手に額を寄せ合っている。同業者との顔繋ぎもパーティーでの大事な仕事のうちだ。この業界、横の繋がりも大切なのである。ただ、どうしたわけだか四人とも表情が暗い。

赤潮社の西日暮里。

謹談社の御徒町。

ＫＡＤＡＫＯＷＡ書店の五反田。

文學春秒社の田端。

顔馴染みの四人は、いずれも大手出版社の編集者である。それが揃いも揃って浮かない顔をしている。

「どうもどうも、どうしましたか、各社のホープが沈んだ顔を並べて？」

斑島が声をかけると、四人は「ああ、斑島さんですか」と顔を向けてくる。

「いや、実はね、斑島さん」

と、赤潮社の西日暮里が口を開いて、

「四人とも、ちょっとしたストーカー被害に遭ってましてね。それで困ってるんですよ」

「ストーカー、ですか？」

斑島は思わず目をぱちくりさせてしまう。いい年の男の編集者ばかり四人がストーカー被害？　何なんだそれは。

謹談社の御徒町が苦笑しながら、

「いえ、ストーカーは冗談なんですけどね。ただ、似たような状況に追い込まれているのは本当で」

ＫＡＤＡＫＯＷＡ書店の五反田も、

「ある作家さんにつきまとわれているんだよ」

「へえ、どうしたんですか、それ」

斑島が尋ねると、文學春秒社の田端は顔をしかめて、

「ちょっと前のことなんですけど、とある作家さんの原稿を預かっちゃいましてね、それがあんまりぱっとしない作家さんで。いや、それはまあ、よくあることなんだけど、その後、本人からの問い合わせがしつこくて。読んでくれたか感想を聞かせてくれ会議にはいつ通してくれる出版のメドは立ちそうか、とそれはもうくどく何度も何度も。それこそストーカーみたいな粘っこさで」

赤潮社の西日暮里も、うんざりした様子で、

「別に強い口調で云ってくるわけじゃないんですよ、それだったらこっちも対処のしようがありますからね。むしろ始末の悪いことに、泣き落としでです。泣きついてくるんですよ。どうやら向こうも本を出してほしくて必死らしくて」

謹談社の御徒町も、半ばため息交じりに、

「それでしょっちゅう電話とメールです。束縛の強い彼女かってくらいに頻繁に。西日暮里さんの云う泣き落としでですね。縋《すが》り付くみたいな喋り方でねちねちと、本が出ないと困るんです生活が立ち行かないんですお願いです何とかしてくださいどうかご慈悲を、ってな具合

でしてね。食いっぱぐれて困窮しているとはいえ、その哀願するみたいな感じがまた哀れで。それでこっちもどうにもきっぱり断り切れなくて、本当に参ってるんです」

ＫＡＤＡＫＯＷＡ書店の五反田も、

「ただ、気の毒だけど、その人の本、売れないんだよなあ。斑島さんも判るでしょう、このご時世、我々編集者だって売れない本しか書けない作家にかかずらっている暇なんてないんだから」

「それはまあ、確かにそうですねえ」

斑島がうなずくと、文學春秒社の田端は、

「だから本は出せないことをやんわりと伝えているのに、それでもしつこく連絡をよこすわけです。会議なんかでちょっと携帯切ってると、メールと不在着信何十件なんですから、まるっきりストーカーでしょ。居留守を使っても編集部の誰かに伝言を残すし、それがあんまり頻繁なんで同僚に不審がられる始末ですよ、何だかこっちが悪いことでもしているみたいになってるし。そんなわけでいい加減うんざりしてるんです、四人とも。今日も来てますよ、さっきまで僕らそれぞれ捕まってて、やっとの思いで逃げてきたんですから、ほら、あっちにいるでしょう」

と、視線の動きで会場の隅を示す。

華やかで煌《きら》びやかなパーティー会場の一角。その隅にどんよりと固まっている一団があった。似たような背格好の中年男が四人ほど、集結しているのだ。年齢は全員五十代半ばだろうか、背が低くて小太りの体型なのも類似している。頭頂部が薄くなりかけて、全体的に貧相な印象のおっさん達である。ぱっとしない容姿の同世代の四人は、同じような境遇にいるためか、外観の雰囲気がそっくりだった。揃いも揃って意地汚くタダ飯をがっつき、タダ酒をしこたま呷《あお》っている。

赤潮社の西日暮里が云った。

「私はあの倉木《くらき》という作家につきまとわれているんですよ」

謹談社の御徒町が云った。

「私はその隣の倉田《くらた》という作家さんに」

KADAKOWA書店の五反田も、

「私はあの倉持《くらもち》さんに」

文學春秒社の田端は、

「僕は倉津《くらつ》さんにストーカーされています」

四人の中年作家は、たまたまペンネームまでよく似ていた。

「なるほど、あの世代の人達ですか」

斑島は納得してうなずいた。

三十年ほど前、新本格ミステリブームが勃興《ぼっこう》し、国内ミステリ界が大いに賑わいを見せたことがあった。新人賞とは無関係に、才能あるミステリ作家が次々と世に出たのだ。北村薫《きたむらかおる》、綾辻行人《あやつじゆきと》、有栖川有栖《ありすがわありす》、法月綸太郎《のりづきりんたろう》といった現在の売れっ子スター作家達もそうしてデビューした。彼らのような謂わば新本格第一世代の作家達の活躍で、それまで低迷気味だった国内本格ミステリは息を吹き返した。多くの読者を獲得し、世間にも認知されるようになった。当初の勢いは落ち着いたとはいえ、本格ミステリは今ではエンターテインメント小説に欠かせない一ジャンルとして、出版界に定着している。殺人事件とロジカルな謎解きを扱った物語はたくさんの読者を魅了し、映画などでもどんでん返しのあるストーリーが求められて原作小説として取り上げられるほどだ。そうした中でもやはり、第一世代と称される作家達は人気が高かった。アマチュア時代に編集者の目に留まり、そうした才能ある世代が華々しくデビューしたため、後に続く作家志望者もデビューしやすい環境ができあがった。多くの作家が第二世代として登場した。もちろん本当に才能に恵まれた者も数多くいたが、中にはどさくさ紛れにデビュー作を上梓《じょうし》してしまった者もいた。玉石混淆《ぎょくせきこんこう》でも、とりあえず注目の集まっているジャンルの本をたくさん出版してしまえと各社が一斉に動き出すのは、この業界では珍しいことではない。その結果の、どさくさ紛れ組のデビューである。無論本物の才能とセンスを持った者は北村薫や綾辻行人の後輩として人気作家に育ったのだが、どさくさ紛れタイプの凡庸な作家は大抵、生き残れずに消えていった。いつの間にか新刊を出すことがなくなり、フェードアウトしていくのだ。ただし中には、業界ゾンビのような存在となってしぶとく作家というポジションにしがみついている者もいる。あの、会場の隅っこに陰気に固まってさもしく飲み食いしている倉木、倉田、倉持、倉津といった売れない作家達のように――。

事情は呑み込めた。斑島は苦笑交じりに云う。

「そうでしたか。皆さん、大変ですねえ、ご同情申し上げます」

すると赤潮社の西日暮里が、

「他人事《ひとごと》だと思ってそんな云い方して、ひどいですよ、斑島さん、絶対面白がってるでしょう」

謹談社の御徒町も口を尖らせて、

「そうですよ、薄情じゃないですか、斑島さん」

KADAKOWA書店の五反田が、

「こっちはみんな大変な目に遭ってるのに、冷たいよ」

文學春秒社の田端も、

「ただでさえ忙しいのに、ホント迷惑してるんですから」

そして四人の編集者は、顔を見合わせると再びうんざりした顔でため息をついた。

斑島は気軽な口調で、

「まあ、そのうちほとぼりが冷めるでしょう。放っておけば相手も諦めるでしょうから」

そう云って、その場を離れる。

大手さんも大変だなあ、と正に他人事で、斑島は思った。

大きな出版社だと色々とトラブルの種も降ってくるものなのだろう。その点、うちみたいな中規模の会社の方が気楽でいいのかもしれない。まあ、その分、給料は安いけど。

などと考えながら再度パーティーの人混みに分け入ろうとすると、

「斑島さん」

声をかけられた。

近づいてきたのは高身長で顔立ちの整った男だった。五十絡みの爽やかな印象のその人物は、人気ミステリ作家の椋井《むくい》貫郎《ぬくろう》だった。

椋井貫郎は大きな賞をいくつも獲っている売れっ子で、斑島の東京方言社からも何冊か本を出している。出世作の『号泣』は、今でも国内文庫部門のドル箱であり、売り上げ部数トップの記録は抜かれることがない。植木賞の候補にもなったことがある有名作家だ。

「あ、これは椋井さん、いらしてたんですね。お声がけできずに失礼しました」

と、斑島が挨拶し、新作の執筆をどう云って急《せ》かそうかと算段していると、

「ちょうどよかった。斑島さんにちょっと紹介したい人がいるんですよ」

と、椋井貫郎は爽やかに云った。作風こそ人間の心の暗部を鋭く抉《えぐ》るどろどろしたものだが、作者本人は至って人当たりのいい紳士だ。

その椋井の長身の後ろから、ひょっこりと姿を現した男がいた。年は五十代半ばくらいだろうか、背が低く小太りの体型で、全体的にひどく貧相な印象の人物だった。腹回りの贅肉がだぶついており、頭頂部の髪が淋しくなっていることもあって、ぱっとしない風貌をしている。

椋井貫郎が爽やかに紹介してくれて、

「こちらは倉痴《くらち》さんです。僕よりずっと本格寄りの作風の人ですよ」

「どうも」

倉痴はおどおどと、背中を丸めて挨拶をしてきた。知っている。この人も先ほどのいじましい四人の作家と同じくらい鳴かず飛ばずで低迷している、どさくさ紛れにデビューしたタイプの売れない作家だ。どうやって生きているのかよく判らない、業界ゾンビの一人である。

「是非、彼の本を斑島さんに手がけてもらいたいと思いましてね」

と、椋井貫郎は、屈託のない笑顔で云った。邪気のまったく感じられない、爽やかな笑い顔だった。

対して、倉痴という作家の方は、おもねるような愛想笑いで、

「よろしくお願いします。今度、原稿をお持ちします。もう完成しているものが何作かありますので」

上目遣いで云ってきた。

斑島は返す言葉を失ってしまう。

やれやれ、大手だけでは飽き足らず、とうとうこっちにまでお鉢が回ってきたか——と、うんざりした気分になってくる。四人の同業者に同情している場合ではなくなってしまった。

明日は我が身、か。

これからしつこくつきまとわれるんだろうなあ。この中年作家、売れなくて必死だろうし、どれほどねちっこくストーカーされることやら。

その予感で、斑島は思わずげんなりしてしまうのであった。

夢の印税生活

「おめでとうございます。新人賞の受賞が決定しました」

その電話を受けた時、川瀬雲助《かわうそくもすけ》は喜びよりも安堵を感じてへたり込みそうになった。

（受賞、俺が受賞、とうとう獲れた。長かった――）

苦節十年、やっと小説の新人賞を射止めたのだ。これで作家になれる。デビューできる。

「よかったですねえ。本当におめでとうございます。それで早速ですが、できるだけ早くお目にかかりたいと思います。受賞作の刊行へ向けての具体的なお話を進めたいので」

電話の向こうの、編集部の東北沢《ひがしきたざわ》と名乗った男は、弾んだ口調で云う。

「略歴を拝見しますと、川瀬さんは会社勤めでいらっしゃるとのことですから、土曜日か日曜日の方がご都合がつきやすいでしょうか。私がそちらに伺いますので、ご自宅近くか、もしくは最寄り駅の近くの喫茶店などをご指定いただければ助かります」

十年、新人賞に投稿する生活を続けた。賞を獲ってデビューするために小説を書き続けた。

二十五歳の時からずっとだ。出版業界にコネも伝手《つて》もない川獺には、新人賞に応募するしか道がなかった。

会社での人付き合いも断ち、毎年、様々な賞にチャレンジした。持てる時間はすべて小説の執筆に費やした。もちろんプライベートの楽しみなどないし、川獺は未だに独身で独り暮らしだ。

乱走賞や横構賞などの賞金一千万円クラスの有名な賞は、やはり難関である。二次選考に引っかかるのがせいぜいといった戦歴だった。かといって賞金の出ない鯉川賞はガチガチな本格ミステリの賞で、こちらも難しい。本格の鬼みたいなマニア達を押しのけて受賞を勝ち取るのはさすがに無理があった。

それでも七、八年目まではそうした大きな賞を狙って投稿をしていた。有力な賞を獲れば大々的にデビューできるし、経歴が一気に華やかになる。しかし、最終候補には一度も残れないのが実情だった。

そこで目標を下方修正することにした。少し格落ちするが、マイナーな賞に狙いを絞ることにしたのだ。一番の狙い目は足軽山出版《あしがるやましゅっぱん》の主宰する〝足軽山ミステリ新人賞〟である。ここならば自分の実力でも手が届くかもしれないと、川獺は踏んだ。マイナーといっても賞金は三百万円で、中堅どころで手堅い出版社がやっている立派な新人賞である。割と有名な作家も何人かそこからデビューしていた。何ら恥じることはない。

そして一昨年、いきなり最終候補に残った。方針転換が吉と出たか。これはひょっとして——と緊張したけれど、惜しくも受賞は逸してしまった。だが、それまで万年二次選考止まりだったのに、いきなり最終候補だ。大いに前進している。どうやら下方修正は正しかったらしい。

手応えを感じて、昨年も足軽山ミステリ新人賞に応募した。期待したが、その時は残念なことに三次選考で落ちてしまった。

捲土重来《けんどちょうらい》とばかりに今年も投稿した。そしてめでたく最終候補に残ったのだった。どうだろうか、受賞できるだろうか、去年はまったくダメだったけど、一昨年はいいところまで行った。今年こそデビューしたい、願いは叶うのか、と期待半分、いやどうせいつもみたいに落ちるんだろう、という諦観半分。そんな宙ぶらりんな気分で発表の日を待った。じりじりじりした。

そうして今日、とうとう電話がきたのだ。

足軽山出版の担当者の東北沢氏から、朗報がもたらされた。

落選に慣れていた川獺は一瞬失礼なことに、新手の詐欺などではないかと思わず疑ってしまった。しかし、新人賞に投稿していることは誰にも喋っていない。ニセモノがこちらの電話番号など知っているはずもないのだ。電話は本物。従って受賞も本当のことだ。

川瀬は安堵のあまり、電話口でへたり込んだままで応対した。

さすがにマイナーな賞だけあって当日の記者会見などはないらしかったが、足軽山ミステリ新人賞は立派な賞だ。その受賞者に俺もなったのだ。これで作家になれる。堂々とプロ作家の仲間入りできる。新人作家としてデビューだ。

電話を切った後、嬉しさがじわじわとこみ上げてくるのを噛み締める川瀬であった。

その夜は、十年の苦難を思い、一人しみじみとした気分で酒を呑んだ。祝杯だ。独り暮らしの安アパートでの孤独な祝宴だったが、それでも喜びがアルコール成分と共に、手指の先まで染み渡るようだった。良い酔い心地で、眠りにつくことができた。

土曜日。川瀬は作家人生初めての打ち合わせに出かけた。駅前の、フランス印象派の画家と同じ名を持つ喫茶店である。そこで待ち合わせをしたのは電話で受賞を報《しら》せてくれた編集者だった。その東北沢氏は土曜だというのにきっちりとしたスーツ姿だった。〝足軽山出版文芸編集部副編集長〟との肩書きが入った名刺を丁寧に渡してくれる。自分より五つくらい年上かな、と川瀬は思った。快活な喋り方が電話でのものと同じで、明るい性質の男のようだ。

「改めまして、本当におめでとうございます。選考委員の先生がたも、皆さん絶賛なさっておられましたよ。全員一致での受賞でした」

東北沢は、にこにこした顔で、我がことのように嬉しそうに云った。正直、選考委員の作家陣はそれほど著名な人達ではないが、それでもプロに認められたと思うと川獺も誇らしく感じた。

「手堅く、落ち着いた作風が選考委員の先生がたに高評価だったようです。『ネオンの荒野』は決して派手な展開や驚天動地の大トリックなどがあるわけではないですけれど、地に足のついた骨太の大人向けミステリとして腰の強さがあります。こういった方向性が川獺さんの持ち味なんでしょうか」

東北沢は云う。『ネオンの荒野』というのが、今回川獺が受賞した小説のタイトルだ。

「持ち味というと大げさですけど、まあ、大掛かりなトリックを思いつく柔軟性がないから、地道な感じになるのかもしれませんね」

川獺の謙遜に、東北沢は大きく首を振って、

「いやいや、そんなことはないでしょう。あれだけきっちりしたプロットを立てる力があるんですから、ちゃんと書ける人だというのは編集者の目から見てもよく判りますよ」

ベタ褒めしてくれる。

その後、受賞作の執筆にはどのくらいかかったか、とか、これまでどういった傾向のミス

テリを好んで読んできたか、といった雑談を一通りしてから、東北沢は口調を改めてきた。

「さて、では具体的なお話を進めさせていただきたいと思います。まず『ネオンの荒野』が単行本として出版されます。だいたい三ヶ月後くらいの刊行になるでしょうか」

おお、本になる。川獺の胸は高鳴った。

「そして、短編を一本、お願いします。足軽山ミステリ新人賞の受賞者のかたには、受賞第一作として『足軽山ミステリ』に短編を寄稿していただくのが慣例になっておりますので。あ、『足軽山ミステリ』はご存じでしょうか」

「もちろんです、毎号購読しています」

本当は毎号というわけではないのだが、川獺は大げさに答えた。『足軽山ミステリ』は東北沢の出版社が出している月刊誌だ。誌名の通り、ミステリ小説を中心に構成されている雑誌である。

「さらに、長編のご執筆もよろしくお願いします。受賞後第一長編として、我が社から刊行させていただければと思います」

「判りました、書きます」

川獺は力強くうなずく。来期の新人賞投稿用に、もう書き始めている長編がある。それを完成させればいいだけなので、気は楽だ。

「良いお作をお待ちしております。『ネオンの荒野』と同等か、それを超えるような傑作を期待しています。是非、面白い作品を書いてください。よろしくお願いします。いい本を作りましょう」

そう云って東北沢は、熱く握手を求めてきた。どうやら明るい性格というよりは、少し熱血漢的なところがあるらしい。

「ところで、川獺さんは今、会社にお勤めですよね」

熱い握手の後で、東北沢はいきなり現実的なことを聞いてきた。

「ええ、そうですが」

川獺は何となく気後れを感じながら答えた。出版界という華やかな世界にいる編集者を相手には、恥ずかしくて社名を云えないほどのちっぽけな会社なのだ。

「差し出がましいかとは思いますが、ご忠告させていただきます。会社、辞めてはいけませんよ」

真顔で、東北沢は云う。川獺としては、

「はあ」

と、曖昧にうなずくしかない。

「リアルなお金の話で申し訳ありませんが、新人賞を受賞したからといって収入が跳ね上がるわけでは決してありません。安定収入の道は確保しておくのが賢明です。いいですね、くれぐれも会社を辞めようという気を起こさないでください。作家としてのインカムが安定するまで、辞めるのは絶対にお勧めしません」

「そうですか、判りました」

熱く語る東北沢の言葉を、川獺はぼんやりと聞いていた。せっかくの受賞に水を差すようなことをわざわざ云わなくてもいいのになあ、と思ってもいた。

「あ、そうそう、もうひとつ大事な用件があるんでした」

と、東北沢は話を切り替えると、手帳を取り出した。

「銀行の口座を教えていただけますか。賞金と、それから今後の本の印税なども振り込みますので、その振込先を」

「賞金というと、三百万、ですよね」

「そうです、税抜きで三百万円です」

「原稿料なども、ですか」

「ええ、『足軽山ミステリ』に短編を掲載させていただければ、規定の原稿料をお振り込みします。ただ、大手さんと違ってうちは少し稿料が安いんですよ、申し訳ないのですが、一枚三千円でご容赦ください」

「一枚というと、原稿用紙一枚、ですか」

「はい、昨今はテキスト入稿が普通ですから、今時原稿用紙というのも古めかしい話ですが、原稿料は原稿用紙の換算枚数でお支払いする決まりになっております。古くからの慣習で」

原稿用紙一枚につき三千円。それが高いのか安いのか、川獺には判断がつかなかった。

「それから、単行本の印税は10パーセントです。これは他社さんと変わらず、ごく一般的な相場ですね」

「10パーセント、というと本の値段の、ですね」

「そうですそうです。例えば、定価が一冊1500円の本ですと、その10パーセント、150円が著者である川獺さんの取り分になるわけです。これは売れた数に応じてというわけではなく、刷った部数で計算します」

と、東北沢は懇切丁寧に説明した。

「今回の『ネオンの荒野』は受賞作ということもあって、二万部発行する予定で考えています。定価はまだ、本の厚さがどのくらいになるのか判りませんのではっきりとは申し上げられませんが、とりあえず二万部分の印税が川獺さんに支払われることになります。そこから源泉徴収が引かれたり消費税分が加わったりしますが、基本的には定価の一割が入ると考えてくださって結構です」

二万部という数が多いのかどうなのか、またもや川獺にはピンとこなかったが、何となく印税という単語には不思議な感じがしていた。そういえば何気なく聞きかじってはいたけれど、印税というのはどうしてそう呼ばれるのだろうか。何だか税金みたいな語感だが、著者に支払われるお金がなぜ税なのか、ちょっと疑問に思う。まあ、この場で改めて尋ねるほどのことでもないのだろうけど。

「では、良い作品をお待ちしております。まずは受賞第一作の短編の方をよろしくお願いします。川獺さんの今後に期待しています。私も万全の態勢でサポートさせていただきますので」

と、熱い編集者は云った。

その最初の打ち合わせの後も、熱血漢の編集者とは何度か打ち合わせを繰り返した。

『ネオンの荒野』の本作りを始めたのだ。

ゲラ、校閲、著者校、装丁など、聞き慣れない言葉と作業に戸惑いつつ、熱血編集者の指導の下、本は着々と形になっていった。校閲の、ここまでするのかという鋭い指摘にも舌を巻いた。例えば川獺は、作中でコンビニの店員がオレンジ色の制服を着ていたと、大した考えもなく描写したのだが、それに対して校閲者は、既存のコンビニチェーン各社のサイトから制服のデザインを何枚もカラーコピーしてきて『現在、オレンジ色の制服を採用している大手コンビニエンスストアはありません。ここは個人経営などの小規模店舗ということでよろしいでしょうか。念の為』という確認事項が書き込まれているという細かさだ。正直、小説の本筋に何の関係もないコンビニ店員の制服の色などどうでもいいじゃないかと思わないでもないのだが、その丁寧な仕事ぶりには感服する他はなかった。

そうした校閲者や、編集の東北沢からの指摘部分を手直しして、文章をブラッシュアップする作業も打ち合わせと並行させる。

そして三ヶ月後、とうとう『ネオンの荒野』の見本が完成した。

足軽山出版では、大手出版社と違って授賞パーティーなどは行われない。

その代わり、社の人達がお祝いの食事会を開いてくれた。

川獺には普段まったく縁のない高級ホテルの中華レストランの一室を借り切って、食事会は催された。

足軽山出版社長を始め、取締役、役員、編集長、営業部の代表、そして東北沢ら編集部の面々が揃って、本の完成を祝ってくれた。

恰幅のいい社長はビールで赤くなった顔を綻《ほころ》ばせ、

「久々の大型新人の登場ですなあ、いや、実にめでたい。川獺先生には大いに期待しております。是非スター作家になっていただきたい」

と、終始ご機嫌だった。女性編集者にもちやほやされ、川獺は恐縮することしきりだった。食事会もそうだが、本が出来上がったことが川獺には何より嬉しかった。見本版を食事会の席で渡されて、それを持って帰ったのだ。

表紙には、そこそこ名の売れているイラストレーターの手で、眩《まばゆ》い灯《あか》りが煌めく夜の都会が描かれている。そこに自分の名前が大きく印刷されていて、川獺は大いに満足した。帯には『足軽山ミステリ新人賞受賞作！　大型新人による感動巨編！』と派手な売り文句が躍っている。

夜中に一人、川獺はその本を手に取ってみるのだった。何度も何度も表紙を撫でさすり、そこに存在しているという感触を楽しんだ。ページを開いて、幾度も飽かず読み返したりもする。活字になったのを改めて見ていると、自分で書いたはずの文章が自分のものでないような不思議な感覚がする。一人、焼酎のグラスを傾けながら、川獺はその奇妙な酩酊感をもじんわりと楽しんだ。本になっている。デビューしたんだ。ついに作家になれたのだ。しみじみと、嬉しかった。

発売日当日になると、川獺は勇んで書店に出向いた。『ネオンの荒野』の単行本は無事、本屋の平台に並んでいた。自分の目でそれを確かめ、川獺は感激した。本の定価は１８００円だった。書店に平積みになっている前を、川獺は何度も往復して眺める。大型書店を何軒もハシゴして、本が売られているのを確認した。平積みの本の前で、ついニヤニヤしてしまうのを抑えられない。いかん、これではただの変質者だ、と慌てて頰を引き締める川獺だった。

賞金の三百万円も振り込まれていた。その通帳を手にして、またぞろニヤニヤ笑いを堪えることができなかった。

そうこうする間も、川獺は会社に通い続けていた。依頼された短編と長編を書きながら、いわば二足の草鞋《わらじ》の生活になった。

その日も、会社の事務机の前に陣取り、こせこせと雑務をこなしていた。書類の数字をひたすらパソコンに入力する単純作業だった。

ふと、虚しくなった。

この仕事は、誰がやっても同じだ。それに気付いてしまった。こんな生産性のない時間を過ごしている暇があったら、どれだけ原稿を書き進めることができるか。

会社の仕事には愛着も誇りもなかった。ちっぽけな会社のつまらない作業。俺の代わりなどいくらでもいる。ただ口を糊《のり》する給料を得るためだけの、面白くもなんともない仕事だ。

しかし俺の小説は俺にしか書けない。

元より、人付き合いを避けてきたので社内では浮いた存在だった。親しい者は一人もいないから、作家としてデビューしたことは誰にも伝えていない。人間関係も円滑にいっていないので、軽い疎外感も覚えていた。未練など何もない。ここは俺のいる場所ではない。

スイッチが切れるようにやる気がなくなった。

決心した。よし、会社は辞めよう。これからは作家としてやっていくのだ。二足の草鞋を脱いで、きっぱりと専業になる。うん、そうしよう。何といっても新人賞受賞作家という肩書きもある。背水の陣だ。生活費を稼ぐのは作家としてだけにする。そうやって自分を追い込んだ方がきっといいものが書けるはず。

川瀬は、半ば発作的に退職願を書いた。

完成した短編の原稿データを渡すため、足軽山出版の東北沢と喫茶店で顔を合わせた。雑談のついでに、会社を辞めたことも伝えた。

「えっ、辞めちゃったんですか」

東北沢は、暗闇で何か得体の知れぬ物を踏んづけたみたいな微妙な表情になった。

「辞めない方がいいと、口を酸っぱくしてご忠告したはずですけどねえ」

「すみません、アドバイスを無下にしてしまって。でも、もう決めたことですから」

「そうですか。しかし、収入面が不安定になりますよ」

「覚悟の上です」

川獺は力強く答えた。十年間、新人賞に投稿するだけの生活を続けてきた。蓄えも少しはある。賞金の三百万円だって入った。身軽な独り身のこと、どうにかなるだろう。

「その分、書きます、小説を。収入はそちらで得ます」

決意も新たに川獺は云う。もうプロの作家になったのだから。

「そうですか。いや、まあ、私としてもできる限りのサポートはしますけれど。うーん、そうですか、辞めちゃいましたか」

熱血漢の編集者東北沢にしては珍しく、何となく煮え切らない口振りだった。案外心配性でもあるんだな、この人は、と川獺は軽く考えていた。

やがて、次の長編も脱稿した。受賞後第一長編だ。やはり会社に通わなくなって時間に余裕ができた分、思っていたより早い完成だった。

それを渡すと、その夜にすぐ電話をかけてきた東北沢は、

「オーケーです、とてもよく書けていると思います」

満足そうな口調で云った。

「次作もお待ちしていますよ。期待しています」

一年目

・新人賞賞金　300万円
・受賞作『ネオンの荒野』印税　180円×20000部　360万円
・『足軽山ミステリ』誌　短編原稿料　55枚×3000円　16万5千円
・第二長編　印税　170円×10000部　170万円

年合計　846万5千円

「是非、我が社の雑誌で連載をお願いしたいと思いまして、ご連絡を差し上げた次第です、はい」

中年男性の編集者は、汗を拭き拭き、そう云った。

喫茶店での打ち合わせである。

川獺はアイスココアを飲んでいた。それがこの店で一番高い飲み物だと知っているからだった。喫茶店での打ち合わせでは、編集者側が奢《おご》ってくれるのが慣習になっている。もっとも編集者もそれは会社の経費で落とすから、自らの財布が痛むわけではない。だから遠慮なく高いメニューを頼むことにしている川獺だった。

用賀《ようが》と名乗ったその編集者は、地蔵社《じぞうしゃ》という出版社の人だった。一流どころではないが、ほどほどに知名度はある。足軽山出版と同じくらいの規模の会社だ。突然電話がかかってきて「足軽山出版さんの方からお電話番号を教えてもらいました。どうか一度お目にかかりたく存じます」とやけに丁寧に請われた。それで今日、打ち合わせのために喫茶店で顔を合わせたのである。しかしまさか、連載の話だとは思わなかった。これは嬉しい。プロ作家になったからには一度はやってみたかったことだ。川獺は即答した。

「ありがとうございます。引き受けさせていただきます」

「いやあ、ご快諾いただき光栄です。川獺先生のお作は受賞作もその次の長編も、大変面白く拝読いたしました。こけおどしのない誠実な作風がとても素晴らしいと感じました次第で、これは是非とも弊社でもお原稿をいただきたいと思いまして、はい。いや、最近は派手な設定ばかりでその実中身の伴わないライト風なミステリが持て囃《はや》される風潮ですからね、落ち着いた風格のある大人の小説ということで、川獺先生のお作は大変好感の持てる長編だと思いました」

地蔵社の用賀は汗を拭きながら、大いに持ち上げてくれる。無論、お世辞半分であるのは承知しているけれど、それでも悪い気はしない。

それから、毎月の〆切り日や枚数などの具体的な打ち合わせを綿密に行った。汗っかきの用賀と話し合いつつ、プロの作家になったんだなあ、と川瀬はしみじみと思った。こうして平日のまっ昼間の喫茶店で、出版社の編集者と仕事の打ち合わせをしているのだ。会社を辞めてよかった、と改めて思う。時間が自由に使える。会社のあの粗末なデスクに縛り付けられることも、もうない。執筆に丸々一日使うことを許されているのだ。集中もできる。

連載のアイディアに関しては、心配は無用だと思った。投稿生活十年。幸いストックはふんだんにある。もちろん新人賞に落選した原稿をそのまま使い回すわけにはいかない。使えそうなトリックやプロットだけを抽出するのだ。応募原稿の中には、中心になるアイディアだけは自信の持てるものもいくつか交じっている。それを流用する。使えそうなトリックを磨き直し、構成も一から組み直す。今のプロになった目で見れば、投稿作の稚拙さがよく判る。どこに粗があるかも見えてくる。人物造形が曖昧でストーリーの組み立ても甘い。なるほど、これでは予選を突破できなかったはずだ。

そうした欠点が判れば、修正する方向性も読めてくる。アイディアの段階から練り直し、プロットの甘い部分を引き締める。登場人物を魅力的に描くように努力し、文章の推敲も怠らない。こうしてプロの商品として通用するレベルに作り直す。新たな作品として、一行目から書き直しだ。

川獺は頭を絞り、その作業に没頭した。

そして同じ手法で、足軽山出版の長編第三作も執筆を始めた。数年前に乱走賞に応募して二次選考で落とされた作品だけれど、核になるネタだけは自信があった。それを取り出し、舞台設定も登場人物もガラリと一新し、まったくの別物として一から書き直す。

そのアイディアとストーリーのだいたいの流れを熱血編集者の東北沢に話した。打ち合わせの喫茶店で、それに耳を傾けて東北沢は、

「いいですねえ、それは面白そうだ。早くお原稿を読ませていただきたいです」

と、相好を崩して云った。好感触に、川獺も嬉しかった。そして東北沢は話を変えると、

「ところで、また別の出版社から問い合わせがありました。今度は光学館《こうがくかん》さんです。恐らく原稿の依頼でしょう。川獺さんの連絡先を教えてほしいとのことですが、伝えても構いませんでしょうか」

「もちろんいいですよ」

光学館といえば、割と有名な出版社だ。はっきり云ってしまえば足軽山出版や地蔵社より、一段格上である。

「川獺さんもいよいよ人気作家への足がかりができてきましたねえ、色々な出版社からお声がかかるようになってきましたから。他社さんの原稿依頼もどんどん受けてくださって結構

ですけど、うちの書き下ろし長編も忘れないでくださいよ」

と、東北沢は嬉しそうに云った。

その光学館からの連絡はすぐにあった。今度は若い女性の編集者だった。

喫茶店で、早速打ち合わせをする。

川獺はアイスココアを注文した。

光学館の女性編集者、小平《こだいら》さんは、例によって川獺の作品を褒めそやした。

「あれほどクオリティの高い受賞作は、足軽山出版さんでも久しぶりではないでしょうか。しっとりとした余韻が胸に響いて、私、電車の中なのに泣いてしまって、恥ずかしいんですけど、本当に涙が止まりませんでした。再読すると、よく練り込んでお書きになっているなあ、と感心してしまって。本当に素晴らしかったです」

若い女性に褒められては、川獺も夢心地になってしまう。

「是非、うちの社でも一作、書き下ろし長編をお願いしたいと思います。ただ、失礼ながらまだ新人さんという扱いになりますので、部数の方はやや控え目になってしまいますけれど、そこはご了承いただければと」

申し訳なさそうに云う小平に、川獺はすかさず、

「やります。部数より、光学館さんから本が出る方が、私には嬉しいですから」

勢い込んで引き受けた。実際、これまでより格上の出版社から本を上梓すれば、自分の作家としての立場も上がったように思えるのだ。

そうして川獺は書きまくった。

足軽山出版の書き下ろし長編を書いた。

同時に地蔵社の『月刊地蔵小説』の連載を月一で書いた。

そして光学館に依頼された長編も書き下ろした。

『月刊地蔵小説』で連載した長編は、連載終了と同時に一冊にまとめてもらった。

二年目

・地蔵社『月刊地蔵小説』誌　連載原稿料（80枚×3500円＝）28万円×10回　合計280万円
・足軽山出版書き下ろし長編　印税　175円×8000部　140万円
・光学館書き下ろし長編　印税　180円×8000部　144万円
・地蔵社連載長編単行本化　印税　185円×10000部　185万円

年合計　749万円

長編を書き続けた。

川瀬が抱えているのは、今のところ三社の出版社だ。足軽山出版、地蔵社、光学館。その三社の分を並行して書いている。

そうしていると、何だか自転車操業みたいな気がしてくる。すべてが書き下ろしの単行本ばかりなのだ。地蔵社も、去年のように雑誌での連載はもうやらせてくれないらしい。

デビュー三年目の新人作家が稼ぎ続けるのは、なかなかに大変みたいだ。

もっと楽に儲かるものと、川瀬は楽観視していた。なぜなら、作家といえば印税生活、というイメージがあったからだ。

実際、足軽山ミステリ新人賞を受賞した時に、数少ない友人知人は、

「いいなあ、川瀬もいよいよ夢の印税生活かあ、会社なんていつでも辞められるよな」

と、口を揃えて羨ましがってくれたものだ。

しかし、なかなかそうはいかないのが現状だ。

川瀬は気がついた。

売れっ子は、本の刷り部数からして違うのだ。

人気作家はその分の印税で稼いでいる。

例えば、定価千五百円の本なら一冊の印税が百五十円だから、これが十万部刷られれば合計印税は一千五百万円になる。五十万部なら七千五百万円。百万部のミリオンセラーともなれば一億五千万円が手に入る計算だ。そこまで売れる本はそうはないだろうけれど、川獺の八千部と比べれば十万部だって大したものだろう。一冊本を書いただけで一千五百万円の収入になるのだから。十万部なら割と現実的な数字だ。書店のベストセラー本が並べてある平台には〝続々重版！　十五万部突破〟とか〝売れてます！　二十万部超え！〟といった宣伝文句で飾られた帯の本はいくらでも見かける。世の中にはそれだけ売れている人がいるのだ、一冊で数千万円稼ぐ作家が。そしてそんな作家は一冊だけでなく、コンスタントに十万部超えの本を出し続けている。本を一冊出すごとに、数千万の金が転がり込んでくるのだ。それが毎年続く。これは儲かる。数年で億を軽く超える。

そう、これが夢の印税生活の正体である。

左団扇《ひだりうちわ》で暮らせる作家になるためには、部数で稼がなくてはいけない。売れなくては話にならないのだ。

その点、川獺はまだ全然売れていない。

というか、本が売れている実感がない。

もちろん完成した本は手に取ることができるし、書店の売り場に並んでいるのも何度も見ている。

しかし、その本が売れない。

変質者よろしく本屋の棚の前を行ったり来たりしながら観察していても、川獺の本を買っていく客に遭遇することはついぞなかった。手に取って立ち読みしている人すら、目撃したことがない。

そもそも版元であれだけ絶賛されたデビュー作『ネオンの荒野』も、世間で評判になったという噂はまったく聞こえてこなかった。だから川獺の本が増刷されたことなど、一度もないのだ。

売れていない。俺は売れない作家なのか。

川獺の胸の内で、不安がむくむくと頭をもたげてきた。

そんな愚痴めいた話を語ると、足軽山出版の編集者東北沢は、

「地道なタイプのミステリは、元々爆発的に売れるというものではありませんよ。あの多佐《おおさ》渡《ど》在中《ありなか》先生でさえ『六本木獅子頭』でブレイクするまでは、万年初版本作家と呼ばれて、何年も雌伏の時を強いられたくらいですからねえ。しかしクオリティの高い作品を書いていれ

ば、そのうち必ず読者の心に届きますよ。だいたい川獺さんはまだデビューしたばかりじゃありませんか。今は助走の時期です。ヒットするかどうかなんて運の要素も絡んできますからね。頑張っていればきっと、どかんとヒットする作品に恵まれることもあるでしょう。そうなれば今書いている作品も連鎖的に売れて、全部の著書が十万部超えすることだってあるんですから。そうなったら一気に億万長者。夢の印税生活が待っていますよ。だから今は腐らずに地道にいきましょう。私も及ばずながら力になりますから」

と、相変わらずの熱血漢ぶりで云うのだった。

しかしその後、ぽつりと独り言で、

「やっぱり、会社辞めちゃったのがなあ」

ぼやくように付け加えた。

編集者達のそんな励ましに背中を押され、川獺は書き続けた。書き下ろし長編をいくつも書いた。付き合いのある出版社すべてで本を出した。そうやって必死で頑張ったけれど、部数は思ったより伸びてくれない。

そして今年も重版を経験することなく終わってしまった。

三年目

・足軽山出版書き下ろし長編　印税　170円×6000部　102万円
・地蔵社書き下ろし長編　印税　160円×7000部　112万円
・光学館書き下ろし長編　印税　180円×6000部　108万円
・足軽山出版書き下ろし長編二冊目　印税　170円×5000部　85万円
・地蔵社書き下ろし長編二冊目　印税　160円×5000部　80万円

年合計　487万円

「文庫化の話が出ています。やりましょう、文庫」

と、足軽山出版の東北沢は云った。

例によって打ち合わせの喫茶店の席でのことである。足軽山ミステリ新人賞受賞作『ネオンの荒野』を文庫化するというのだ。

「単行本は、だいたい三年経ったら文庫にするのが慣例です。『ネオンの荒野』も、もう三年経ちましたので」

熱血漢の東北沢は、熱い口調で身を乗り出してきて云う。

「受賞作ですから読者の注目度も高いでしょう。単行本はちょっと高くて手を出す気にならなかった人達にも、文庫ならばお手軽に手に取ってもらいやすいですからね。そういう客層を狙ってアピールしていきましょう。名が売れるチャンスですよ」

「なるほど、文庫だと買いやすいというのは僕も経験があります。いいですね、文庫」

川獺も思わず、何度もうなずいていた。

そうか、文庫化という手があるのか。目から鱗《うろこ》が落ちる思いだった。

文庫化か、うん、それはいい。何といっても中身はもうできているのだ。作者は何もしなくてもいい。何の仕事もしないで、印税だけがもらえる。これぞ不労所得。印税生活の醍醐《だいご》味《み》である。実のところ、去年の収入が少し減っていたので、いささか不安を感じていたところなのだ。書き下ろし長編を五冊も出したのに、年収自体は減っている。これは由々しき事態だ。

そんな中での文庫化の話。これは明るい兆しだ。不労所得へのお誘い。光明が見えてきた。年明け早々、いい話である。文庫ならば長く書店の棚に置いてもらえるだろうし、回転率もいい。ひょっとしたら少しは売れて、重版がかかるかもしれない。そうなればまた不労所得がアップだ。夢の印税生活の取っかかりになり得る。うん、とてもいい話だぞ。

「解説は、選考委員を務めた先生がたの内から、どなたかにお願いしようと考えています」

編集者の東北沢は云う。

「いっそのこと、次の書き下ろし新作と同時刊行という形でもいいかもしれませんね。きっと話題になること請け合いですよ。そうなれば相乗効果でどちらも売れるという」

「そうなるといいですねえ」

「ですから川獺さん、うちの新作のスケジュール、前倒しにしていただくわけにはいきませんか。他社さんとの兼ね合いもおありでしょうけど、ここはどうかひとつ、うちを優先していただいて」

「判りました、やります。足軽山出版さんの書き下ろしを最優先にします」

「ありがとうございます、そうしていただけると大変助かります。同時刊行できれば注目度も高まりますし、解説の先生のファンも手に取ってくれるでしょうからね。文庫、売れますよ、きっと」

熱い口調の東北沢は、少々興奮気味にそう云った。

そうなってくれると川獺としても大いに嬉しい。ここらでそろそろ一発、当てにいきたい。売れてほしい。痩せても枯れても『ネオンの荒野』は新人賞受賞作なのだ。選考委員のプロ作家のお墨付きもある。大丈夫、きっと売れてくれる。いや、売れてもらわなければ困るのだ。

川瀬は早速、新作の原稿に取りかかった。

そうして文庫化の作業と書き下ろし長編を並行して終えると、他社の本の執筆にも手をつける。

相変わらずの自転車操業なのに読者からの反応は薄く、手応えのないのが心許ない気もするが、とにかく書くしかない。他に道はないのだから。

川瀬は、書いて書いて書きまくった。

そんなある日、光学館の女性編集者、小平さんから電話があった。書き下ろし長編の原稿を渡してから十日後のことだった。

「お原稿、興味深く拝読いたしました。とても面白いお作で、感動しました。ただ、内容は本当に素晴らしいのですけど、その、申し上げにくいのですが、昨年と一昨年に出させていただいたご著書二冊の売れ部数がちょっと、あれでして、少し編集部内でも問題というか、何というか疑問視するような声も出ていまして。私も上から多少は叱責されたというようないきさつがありまして、大変申し訳ないのですけど、部数を少し絞らせていただくという形になるのを、ご了承いただければと」

小平は、消え入りそうな声で云うのだった。

川瀬としては、

「そうですか、それは仕方ありませんね」

と、答えるしかなかった。

四年目

・足軽山出版　足軽山ミステリ新人賞『ネオンの荒野』文庫　印税　72円×15000部
108万円
・足軽山出版書き下ろし長編　印税　170円×5000部　85万円
・地蔵社書き下ろし長編　印税　140円×5000部　70万円
・光学館書き下ろし長編　印税　150円×3000部　45万円
・足軽山出版書き下ろし長編二冊目　印税　170円×3000部　51万円

年合計　359万円

前年鳴り物入りで出版した文庫はほとんど売れなかった。書き下ろし新作との同時発売作戦も、まるで話題にならなかった。

「こんなはずではなかったんですけどねえ」

と、足軽山出版の東北沢は肩をすぼめながら、力なく云った。

「残念です」

と、川獺は答え、コーヒーのカップに手を伸ばした。このところ、打ち合わせの席で高いアイスココアを頼むことができない雰囲気になってきている。出版社の経費で落ちるとはいうものの、その出版社の売り上げにあまり貢献できていないのだ。これでは高い飲み物も飲めない。そんな立場が心苦しく感じる川獺である。

「次の書き下ろし新作でどうにか挽回したいと思います。頑張って書きますので」

川獺が云うと、すまなそうな顔を上げて東北沢は、

「それなんですがね、川獺さん、大変申し訳ないのですが、先にプロットを企画書の形にして出していただきたいんです」

「企画書、ですか？　原稿ではなしに」

「はい、実は営業の方から横槍が入りまして、あまり売り上げが望めない本を持って書店さんを回るのは気が重いとか何とか、わがままを云い出しましてね。それで、全体会議でプロ

ットを検討して、それに通れば書き始めていただくという形にした方がお互い無駄がなくていいだろう、という方向で押し切られてしまいまして」

熱血漢に似合わず肩を丸めて、云いにくそうに東北沢は云う。それで川瀬は察した。どうやら迷惑をかけているらしい。自分の本があまりに売れなくて、営業方面から苦情が出ているのだ。そのせいで東北沢は板挟みになっている。会社勤めを十年以上してきた経験があるので、川瀬にも組織の論理がどういうものか見当くらいつく。

（ああ、担当編集者に苦労をかけてしまっている）

川瀬は申し訳なく思った。それもこれも本が売れないのが悪いのだ。地味な作風で読者からそっぽを向かれている自分のせいだ。ああ、俺にもっと華やかな小説を書く力があれば──。実力のなさが恨めしい。

ただ、本が売れさえすればどこからも文句は出ないはずだ。東北沢の会社内での立場も強くなる。そのためには読者に受ける本を書かなくてはならない。

よし、書こう。

と、川瀬は思った。これまでよりもっと良い作品を書くのだ。それにはまず、企画書を上げなくてはいけない。

うん、絶対に通る企画書を書く。

川獺は奮起した。

ところがそんな矢先、せっかくの熱意に冷水を浴びせかけるような出来事があった。

光学館の女性編集者、小平さんに呼び出されたのだ。

待ち合わせた喫茶店の席で、深々と頭を下げて小平は、

「申し訳ありません、私の力不足で、次にお原稿をいただいても本は出せなくなってしまいました。部数がどうしても厳しくて、編集長から、私、叱られまして——いつまでも学生気分で仕事をしてもらっては困るんだ、仕事は遊びじゃないんだぞ、とか何とか、強く云われてしまって、私にはもうどうすることもできなくて。それもこれも私が若輩者だからいけないんで、川獺先生にはご迷惑をかけてしまい、本当にすみません」

小平は、目に涙をいっぱい溜めていた。

(ああ、こっちでも編集者に苦労をかけてしまっている)

川獺は消え入りたい気分になってきた。胃の辺りがずしんと重く、鈍痛が感じられる。

小平の上司の云う通り、売れない作家は切られる。それは当たり前だ。売れれば天国、そうでなければ地獄を見る、正にサバイバルの世界なのだ。しかしそれがこれほどまでに厳しいとは、さすがに想像していなかった。

マズい、これはヤバいぞ——と、川獺は焦りを感じてきた。このままでは脱落する。サバ

イバルレースに生き残れない。胃の痛みが、一層強くなってきた。

そして、地蔵社の担当編集者、用賀からも電話があった。

「実は私、ｗｅｂ関連の部署に配置換えになりまして、そのご挨拶をと思いまして。要は人事異動です」

「人事異動？　編集さんにもそんなものがあるんですか」

川瀬は驚いた。

「もちろんあります。出版社といえどもただの会社、編集者もその組織の一員にすぎませんので、はい。という次第で、来月からまったく畑違いの仕事になりますもので、私も大層戸惑っているところです」

「その新しいｗｅｂの部門は、何をするところなんでしょうか」

「いやあ、それがどうにもはっきりしませんで。何しろ新規立ち上げの部署でして、とりあえずサイトで本や雑誌の宣伝をしたり、電子書籍の版権管理をしたり、何かのアプリとタイアップの企画をやったりと、色々とやらされるみたいです」

「では、もう本は作らないんですか」

「ええ、編集の仕事は当分の間、休業ということになりそうです」

「それじゃ、私の本は出してもらえないんでしょうか」

「はい、何しろ本作りをする部署ではなくなってしまいますので」

と、用賀は申し訳なさそうに、

「というわけで、担当を離れるご挨拶をと思ってお電話差し上げた次第です。本来ならば直接ご挨拶にお伺いに参上したかったのですが、なにぶん急な異動で社内もバタバタしておりますもので、はい。これまでお世話になりました、誠にありがとうございました」

「いえ、こちらこそお世話になりまして——といいますか、あの、用賀さん、新しい本が作れなくなったのは判りましたけれど、文庫の方はどうなるんでしょう。私の最初の単行本は、そろそろ出てから三年くらいになるはずですよね。確か、三年すれば文庫になるものだと聞いているんですが」

「ははあ、文庫ですか。それはまた部署が違うものですから、文庫出版部の方の仕事ですので私には何とも判りかねるというのが実情です。ただ、弊社で出版した書籍がすべて文庫化されるかといったら、そういうわけでもございません。文庫出版部の方でも、ある程度売り上げが見込めるものでないと文庫にしないという判断をするものかと思いますが」

用賀の言葉に、川瀬は絶句してしまった。つまり俺の本は文庫にする価値なしと判定されたというわけか。

「というわけで、誠に申し訳ないのですが、私にできることはこれ以上ありそうにないというところが現状です、はい。それでは、川獺さんの今後のご健筆を陰ながらお祈り申し上げております。では、失礼いたします」

地蔵社の元担当編集者が電話を切る音は、そのままその出版社との縁が切れる合図だった。

愕然とするしかない。

光学館に続いて、地蔵社からも切り捨てられてしまった。本を出してもらえなくなった。

サバイバルレースからの脱落は、坂道を転げ落ちるような勢いがついている。

いかん、これはいよいよ作家生命の危機だ。

胃がキリキリと、鋭く痛むようになってきた。

そんな進退窮まったところに、さらに追い打ちがきた。

足軽山出版の熱血漢、東北沢から連絡が入ったのだ。

「大変残念なことになりました。会議にかけました企画書にボツが出ました。申し訳ありません、が、あのプロットでは本が出せそうにありません。私も随分粘って交渉したのですが、力及ばずで、決定を覆すことはできませんでした」

電話の向こうの東北沢は、悔しそうに云った。

「せめて他の既刊の単行本の文庫化だけでもと説得を試みたのですけど、それも却下されてしまいました。前作の売れ行きが芳しくなかったので、その影響で。もう、私の力ではどうにもなりそうにありません。本当に申し訳ありませんでした」

東北沢の言葉に、川獺は意識が遠のくのを感じていた。喉がカラカラになり、手の先の震えが止まらない。目の前がチカチカする。

気がつくと、全身がびっしょり濡れていた。まるで夕立の中を歩きでもしたかのようだったが、そうではない。これは汗だ。知らぬ間に大汗をかいている。全身の汗腺という汗腺から、大量の汗が噴き出していたのだ。精神状態が不安定になり、一時的に自律神経に不調をきたしたらしい。心理的なストレスが原因と思われる。

これは大きなショックだった。

本が出せなくなったのだ。

関わりのあったすべての出版社から見捨てられた。

思わず、力の限りに頭を掻きむしってしまう。

「あああああああああああっ」

と、自然と奇声を発していた。

万事休すだ。

収入の道が断たれてしまった。

金が入らない。喰っていけない。作家として落第した。

しかし、原稿を書くのをやめるわけにはいかなかった。いつどこの出版社からオファーがあるかも判らない。ストックは持っていた方がいい。足軽山出版に企画書も出さなくてはいけない。今度こそオーケーの出るプロットを作るのだ。

どこに発表できるのか、当てさえ知れぬ小説を書きながら、どうにかして喰いつなぐしかない。どんなアクシデントがあるか予測がつかないので、会社員時代の貯金を日々の生活に費やしてしまうのもためらわれる。

仕方がないので川瀬は、駅前の立ち食いソバ屋でバイトを始めた。

五年目

・時給　960円

持ち込み歓迎

「一般からの持ち込み原稿を大々的に募集しようと思う。持ち込み歓迎だ」

編集長が唐突に云い出した時、浜田山次郎《はまだやまじろう》はありゃまた始まったと思った。編集長の気まぐれはいつものことである。

浜田山の勤める地球出版《ちきゅうしゅっぱん》は中堅どころの出版社。浜田山はそこで書籍編集の仕事に携わっている。そして今は編集部員総出で会議のまっ最中だ。本日の議題は〝いかにして売れる本を作るか〟である。もっとも今日だけではなく、編集部の会議は毎度毎度、大概この問題について話し合っているのであるが。

昨今の出版不況は、地球出版のような中規模出版社にとって会社存続に関わる大きな苦難である。どうにかして会社にたんまり利益をもたらす本を出したい。かといって、そうほいほいと売れる本が作れるのならば苦労はしない。そんな難問の前に、十数人の編集部所属の社員が雁首揃えてうなだれる中、編集長の件《くだん》の発言である。

「フレッシュな新人を求めよう。若い力は活力になる。それで売れる本を作るんだ」

「お言葉ですが、そのために新人賞があるのでは？」

同僚の一人が、おずおずと云った。すると編集長は大きくうなずき、

「それも大切だ。新人賞はフレッシュな才能を発掘するのに大いに有効だろう。だがな、そうした既成の枠に囚われない破天荒な新人にもデビューのチャンスがあってもいいとは思わんか。新人賞という既定路線に収まりきれない大型新人はまだまだ世に埋もれているかもしれんじゃないか。そういう人を拾い上げるんだ。ひょっとしたら大化けして爆売れしてくれるかもしれんぞ。かの結局尚彦《けつきよくなおひこ》先生が謹談社ノベルスでデビューした際のエピソードは皆も知っているだろう。当時新人賞に投稿したことすらないまったくのアマチュアだった結局尚彦先生は、謹談社ノベルスの奥付を見て編集部に持ち込みをかけたんだ。そして即、デビューが決定。それが大ヒットして大いに話題になって、コキュートス賞の創設にも繫がった」

編集長は興奮気味に語る。確かにそれは業界では有名な話だ。浜田山も無論、知っている。結局尚彦はノベルス製本の限界に挑んだ弁当箱とも称される厚い本を次々と上梓し、たちまち売れっ子作家にのし上がった。結局堂シリーズと読者達に呼ばれる人気作だ。大手の謹談社はその機を逃さず、コキュートス賞を作った。型に囚われない新人を募る大胆な賞で、応募作はすべて編集者が読み込み、受賞作も編集者達の独断で決定する。ほぼ持ち込みシステ

ムといっても構わないユニークな賞である。

「うちも謹談社さんにあやかって持ち込みを推奨しようと思う。第二の結局尚彦を我が社から誕生させる。ドル箱を自前で作るんだ。その担当を、浜田山、きみがやってくれ」

「え、私がですか」

突然の指名に浜田山は面喰らった。

「きみも編集者としてもう十年もキャリアを積んでるんだろう、いつまでも若手じゃないんだからな、新人作家の手綱くらい捌《さば》けなくてどうする。型破りな新人をうまく育ててみせてくれ。首尾よくいって、結局尚彦クラスの大物が現れたら大手柄だ。社長賞も出る。ボーナスだって大幅アップ間違いなしだぞ」

編集長の押しの強い言葉に、浜田山は、なるほど手柄はいいなあ、と思った。結局尚彦クラスは大げさにしても、新しく人気作家を育成するのはやり甲斐がありそうだ。興味深い仕事だろうし、意義もある。

よし、やってみようか。

浜田山はその気になった。

そして早速、準備に取りかかる。

文芸雑誌『月刊地球小説』を中心に、大々的に原稿募集のキャンペーンを張った。

やり方は、直接面談方式を採ることにする。作家志望者と会ってみて、その上で原稿を読む。作品が判り、人となりも理解できる。有望かどうか、両面から判断するのだ。

この方式を大きく打ち出して宣伝した。編集者に直接原稿を読んでもらうチャンスだ、と力を入れて煽《あお》った。

web上でも呼びかけた。

〝持ち込み原稿大歓迎！　型に囚われない新人作家を大募集！〟

地球出版のサイトのトップに、そんな文字が躍った。もちろんその他のネット媒体も大いに活用する。

通常業務の合間にこうした準備をするのは忙しかったが、楽しくもあった。どんな人が来てどんな原稿を読ませてくれるのか、期待が高まる。

かくして三ヶ月後。

面談当日がやってきた。

社の応接室を急拵《きゅうごしら》えで面接会場にした。

集まった応募者はまとめて大会議室に待機してもらう。さすがに浜田山だけでは手が回らないので、会議室の方は後輩に手伝ってもらうことにした。浜田山自身は、応接室で応募者一人一人と会うのだ。

こうして一人ずつ面接する段取りが整った。

「それじゃ、最初の人を通してくれ」

浜田山は内線電話で、会議室に待機する後輩編集者に伝えた。

そして、ドアを開けて入ってきたのは若い男だった。

口元に薄ら笑いを浮かべて、軽薄そうな印象である。お堅い文学青年タイプではなさそうだな。浜田山はそう感じた。しかし、先入観で見るのはやめておこう、とも思う。作家には様々なタイプがいるものだ。いかにも作家志望者でございますというふうな青瓢箪《あおびょうたん》よりいいのかもしれない。何しろ今回は型に囚われないフレッシュな才能を求めているのだ。そう気を取り直して、浜田山は面接に挑んだ。

まず、氏名と年齢、職業を尋ねる。

二十四歳のフリーター、だと若い男は答えた。

なるほど、正式に勤めないで執筆時間を確保しているわけか、と浜田山は解釈した。

「では、早速お原稿を拝見します」

と、浜田山は云う。

「え、ないっすけど」

若い男は答える。

「いや、今日は原稿の持ち込みをしてもらう日なんで、ないというのは困るんですが。あの、ひょっとして、書いてないいんですか」

「イヤだなあ、俺が手ぶらで来るわけないじゃないっすか。ちゃんとありますって、ここに」

と、若い男はにやにやすると、自分のこめかみを指先でとんとんと叩いてみせた。

「構想は全部、組み立ててますんで心配しないでください」

「いえ、しかし、書いた小説の現物を読ませていただかないことには、こちらも判断ができませんよ」

浜田山が云うと、相手はまたにやにや笑って、

「ちゃんと考えてますって。いいですか、ジャンルはSFアドベンチャーです。銀河を股にかけた壮大なスケールの冒険ストーリーでしてね。主人公はとある辺境の惑星に住む一人の青年です。彼は叔父の農場を手伝って暮らしているんですが、そんな自分の境遇に不満を抱いているんですね。というのも、この作品世界では今、宇宙大戦のまっ最中なんですよ。全銀河系を軍事力と恐怖で支配しようと企てる暗黒帝国と、それに対抗する自由主義共和軍勢力が宇宙を二分して覇権を争っているんです。主人公の青年は正義感が強いんで、共和軍に入って宇宙戦闘機のパイロットになりたいんですね。でも叔父さんはそれを許してくれない。

どうやらそこには主人公の出生の秘密が隠されているようなんですが、ここは伏線だけ張っておいて今のところはその辺の事情は明らかにはしません。それは後であっと驚く展開に繋がってるんで。それである日、そんな主人公のいる農場に宇宙艇からの脱出ポッドが落ちて来るんです。これが物語の始まりです。脱出ポッドの中には人間はいなくて、代わりに二体のマニュが入っているんですよ。あ、マニュっていうのはこの世界でのロボットみたいなものですね、自律式マニュピュレーションを略して、一般的にマニュと呼称されているわけなんです。この脱出ポッドから出て来たマニュはメッセージを託されていた。助けを求めるメッセージです。その宛先は、主人公の住む辺境の惑星に隠棲している老騎士なんです。この老騎士は、実はかつての銀河大戦で暗黒帝国と戦った共和軍の元戦士だったんですね。今は事情があって戦場を離れ、隠遁生活を送っているわけです。それでメッセージの送り主は、共和軍に属するある豊かな星の美しい姫君なんですよ。その姫君の姿が映し出されたホログラムメッセージを見た主人公は、マニュを隠棲する老騎士のもとに届けようとするわけですが、途中で砂漠の民と呼ばれる凶暴なエイリアンに襲われてしまうんです。その危機を間一髪で救ったのがレーザー光線剣を持った例の老騎士で――」

「あの、いや、ちょっと、ちょっと待ってください。口頭で説明されても困ります。文章になったものを読ませてもらわないと」

長広舌《ちょうこうぜつ》を揮《ふる》うフリーター男を、押しとどめて浜田山が云っても、相手は聞く耳を持っていないようだった。

「いえ、ここからが面白いんですよ、聞いてください、一方悪の暗黒帝国には一人の大幹部がいるんですけど、これがとても強い男でしてね、黒マントをなびかせて黒い仮面とヘルメットで素顔を隠した、闇の力を持つ暗黒騎士なんです。こいつが悪虐非道な冷血漢で、何とメッセージを送った直後の姫君を捕らえてしまうんです。実は姫君は、暗黒帝国の超巨大宇宙戦闘要塞の設計図を奪取していたんです。この超巨大宇宙戦闘要塞は自力で動く衛星ほどの大きさの戦闘艦で、惑星をもバラバラに砕くほどの威力を持った強力ビーム砲を備えた恐ろしい要塞なんですね。姫君はその設計図を共和軍の本拠地に運ぶ途中で、暗黒騎士率いる巨大戦艦軍団に追いつかれてしまったわけなんです。そこで姫君は、設計図をマニュに託して老騎士のもとへ届けようと脱出ポッドを飛ばしたんですよ。その後、なんやかんやあって主人公の青年は老騎士につき従って設計図を持ったマニュを共和軍まで届けようと旅立つことになる。しかし共和軍基地は辺境の惑星からは遠すぎる。そこで凄腕の運び屋を雇うことにするんですけど、この運び屋というのがまたならず者で金に目がない悪党でしてね、金のためなら非合法の兵器や禁輪の軍事用マニュなんかの運搬も請け負うろくでなしです。ただ、この悪党は憎めないキャラクターなんです。悪事に手を染めながらも一本筋の通った男気のある好人物で、まあ云ってみればチョイ悪系のカッコいい男なんですよ。もちろん後で主人公の仲間になる重要なキャラなんですけどね、この運び屋と相棒の副操縦士が、老騎士の依頼を引き受けるわけです。老騎士と主人公、そしてマニュ達を共和軍の本拠地まで運んでくれる段取りを立てる。そこで運び屋は宇宙で最速との呼び声も高い〝世紀の鷹〟号を駆って大宇宙へと飛び立つわけなんですけど、ところがその行く手には黒仮面の暗黒騎士率いる帝国軍の巨大戦艦隊が立ちはだかり、それをどう突破して共和軍の本拠地へ向かうかが前半のクライマックスになるわけで——」

「いや、本当にちょっと待ってください。ですから、そうべらべら喋られても困るんです。文章になったものを読ませていただかないと、評価のしようがないんですから」

必死で口を挟み、浜田山は長い長い語りを止める。どうでもいいけれど、物凄く既視感のあるストーリー展開だな、と思いながら、

「とにかく、書いてもらわないとどうにもならないんですよ」

「書かなきゃダメっすか」

気分よく喋っていたのを止められたのが不満らしく、フリーター青年は口を尖らせて云う。

浜田山はうなずき、

「当然です。今日の趣旨は、持ち込み原稿を読ませてもらうことですんで」

「じゃあ、出版が決まったら書きます。出版されないものを書くなんて時間の無駄っすからね」

と、フリーター男はにやにやして云った。

「無駄ってそんな、あの、失礼ですがあなた、これまでに小説を書いたことは？」

「ないですけど」

さも当たり前のような顔で、相手は云う。

「全然ないんですか」

「ないっすね」

「一行も？」

「一行も」

平然と、フリーター青年はうなずく。何てこった、これでは作家志望者とすらいえないじゃないか。浜田山は天を仰ぎたくなった。アマチュア作家どころか、まるっきりの素人《しろうと》だ。使いものにもならなければ話にもならない。

それでも、愕然としている浜田山にお構いなく、フリーター青年は云う。

「とにかく最高にエキサイティングなストーリーなんですよ。構想を最後まで聞いてくれれば、絶対に出版したくなるはずですって。銀河じゅうを巻き込んだ星間大戦争、スペクタクルたっぷりで大スケールのストーリー、手に汗握る冒険譚なんですから。この作品世界にはですね、不思議な力があるって設定なんですよ、理力っていうんですけどね、このパワーは生きとし生けるものを空間を超越して繋ぐ全宇宙の意志のような力なんです。騎士はその力を自由自在に使うことができるんですね。離れたところにある物体を動かしたり、第三者を軽い催眠状態にして自在に操ったりすることができるんです。凄いパワーでしょう。それで主人公の若者は、生まれつきこの理力の才能に恵まれているんですね。老騎士の指導のもと、主人公は徐々にその力に目覚めていくんです。そしてレーザー光線剣を振るい悪と戦うわけなんですけど、もちろん敵側の黒仮面の暗黒騎士もこのパワーを使えるんです。暗黒騎士の理力は強大で、相手に触れもせずに呼吸を止めて窒息死させることなんかもできるほどでしてね、当然、暗黒レーザー光線剣の達人でもあるんで、後で老騎士との剣戟《けんげき》シーンなんかも出てきますよ。凄いでしょう。囚われた姫君を救出しようとする主人公と老騎士は、運び屋とその相棒共々、敵の巨大戦艦に乗り込んでいくわけですが、そこで銃撃戦あり、騎士同士のレーザー光線剣での一騎討ちあり、危機一髪の脱出劇もありの一大冒険巨編が繰り広げられて、おまけに仮面の暗黒騎士の正体が実は何と、っていうびっくり仰天の真実が明かされたりして――」

ダメだ。

これ以上放っておいたらこいつは延々と喋り続けるだけだ。それこそ時間の無駄である。浜田山はそう判断した。そもそも肝心の原稿を書いてきていないのではどうにもならない。

「はい、もう結構ですから、とにかく書いてからまた来てください。話はそれからです」

浜田山が面接を切り上げようとすると、フリーター男はまたにやにやして、

「またまたあ、その手には乗りませんからね」

「その手？　何のことです」

「だからさあ、俺のアイディア、盗む気でしょう」

「はあ？」

「判ってるんですよ、プロの作家の先生はいつも〆切りに追われて小説のネタに困ってるんでしょう。だから俺が書いて持ってきたら、それを丸ごと盗んでプロの先生が書いたってことにして発表する腹なんでしょ」

「いや、そんなことはしませんよ」

云いながら、浜田山は呆れ返ってしまう。こいつ、あつかましいだけじゃなくて被害妄想の気《け》もあるのか。そもそも盗む価値のあるネタだとも到底思えない。思いっきり何かのパクリなのだから。こんなものを書いて発表したら、確実にアメリカの映画会社に訴えられる。

「こうして喋ってるだけでも盗まれるリスクがあるんですからね。あ、まさかこの会話、録

音なんかしてないっすよね。困りますよ、俺のアイディア、録音しといて後で勝手に使われちゃ。やめてくださいよね」

まだそんな世迷《よま》い言を口走るフリーター男に、

「とにかく書いてから出直してください」

と、浜田山はお引き取りいただいた。正確には、喋り続ける相手を力ずくで部屋から追い出したのであるが。

やれやれ、最初からこれでは先が思いやられる。浜田山はうんざりしてしまう。いくら型に囚われないフレッシュな才能を求めるといっても、限度があるだろう。今のは型破りというよりただの無茶苦茶だ。

ため息をつきながらも、浜田山は内線電話をかけた。

「次の人を通してくれ」

そして、入って来たのは年配の婦人だった。

見たところ六十くらいだろうか、老婦人と中年女性の境目といった感じの年齢と思われる。上品そうな雰囲気で、服装も年相応におとなしめだ。

フレッシュな才能を求めているはずなのだが、まあいいか。と浜田山は思う。年輪を重ねた人生経験豊富な人でないと描けないものもあるだろう。大きなテーマを書くのなら、むしろ若すぎないのはいいことかもしれない。かの松本清張《まつもとせいちょう》だって世に出たのは五十近くになってからなのだ。作家になるのに遅すぎるということはない。要は、書ける人ならばそれで構わない。

「では、早速お原稿を拝見します」

浜田山が促すと、婦人は静かに首を振った。

「あ、すみません、私ではないのでお間違いなきようお願いします。作家になるのは博文《ひろふみ》ちゃんなんです」

「博文ちゃん？」

「ええ、息子です」

婦人はなぜだか満足そうにうなずいた。

「息子さん、ですか？」

浜田山が重ねて尋ねると、婦人はもう一度うなずいて、

「はい、博文ちゃんもそろそろ働いた方がいいかと思いまして、ただ本人がなにぶんにもナイーブなものでしてね、人と関わるのはあまり得手ではないんですのよ。その点、作家ならば自宅でもできますでしょう。人と関わらずに一人で部屋に籠もっていれば仕事になるんですから、これはもう博文ちゃんに打って付けだと思いまして、それで本日は伺いましたの」

「いや、あの、ちょっと待ってください。息子さん本人は今日、いらしていないんですか」

浜田山が仰天しながら聞くと、婦人は、

「ええ、自宅におります」

「どうして来られないんです？」

「どうしてって、それはあなた、自室から出て来ないからです」

何を判りきったことを尋ねてくるんだ、とでも云いたげな口振りで、婦人は答えてきた。

浜田山はうっすらと事情が読めてきたような気がする。そこで質問を変えてみて、

「その、息子さん、博文さん、でしたか。失礼ですが、彼のこれまでの職歴を教えていただけますでしょうか」

「職歴、ですか。それはありません」

婦人は云いづらそうに答える。

「職歴がない、と」

「はい」

「では、仕事をしたことがないんですね」

「ええ」

「で、ご自宅にいらっしゃる」

「はい」

「自室から出て来ない」

「ええ」

「外へはまったく」

「出ません」

完全に引き籠もりじゃないかよっ、と思わず毒突きたくなったが、浜田山はかろうじて自制した。そして改めて、

「息子さんはおいくつでしょうか、年齢の方は」

「三十四になります」

「では、学校は？」

「中学は卒業しました。ただ高校は、その、あまり馴染めなかったようで、途中で――。多分、周りの子達と合わなかったんでしょうね。ほら、今は無神経な子やがさつな子も増えていますでしょう。その点、博文ちゃんはとてもナイーブで傷つきやすいですから、それで色々と軋轢《あつれき》なんかもあったんじゃないでしょうかねえ」

ちょっと待てよ、十代半ばから三十四まで引き籠もりって、それはもう相当ダメなことになっているんじゃないか。二十年も職歴無しの引き籠もりは、社会的にかなり危ない存在だ

ぞ。と、うんざりした浜田山だったが、相手のご婦人もいささか気を悪くしたようで、

「あの、そういったプライベートなことを根掘り葉掘り聞く必要があるんですの？　どうでもいいことじゃありませんか」

と、不満顔で、

「そんなことより、博文ちゃんは作家になれるんでしょうね。作家になる人を集めていると伺ってわざわざ訪ねて来たのに、なれないんじゃ困りますものねえ」

どうしたわけだかやけに高飛車に云ってくる。それに少し気圧《けお》されながらも浜田山は、

「いや、その博文ちゃ、いえ、息子さんは作家志望なんですか」

「作家ならば家にいたまま仕事ができるだろうと、先ほども申し上げたはずです。それだったら博文ちゃんにだってできるでしょう。あの子は人一倍ナイーブですんで、他人の下で働くのは向いていないんですのよ」

「そういうことではなくてですね、何か書いておられるんでしょうか。それを読ませていただかないと話が進みません」

浜田山が訴えると、相手はきょとんとしたふうに、

「書いているかどうかなんて、私に判るはずがありませんわ。もう随分長いこと、顔も合わせていないんですから」

「顔を合わせていないって、ではお話もされていないんですか」

「ええ、そうですね。あの子、自室に閉じ籠もって一歩も出て来ませんから。それともあなた、顔を合わさずに話すなんて、おできになると思います？」

「しかし、同じ家の中で暮らしているんですよね」

「それはもちろん、家族ですから」

「意思疎通はどうしていらっしゃるんでしょうか」

「床をドンと蹴るとお食事の合図ですね、あ、博文ちゃんのお部屋は二階にありますので、床を蹴る音が一階の居間にいる私どもに聞こえますのよ」

「床ドンが食事の合図、ですか」

啞然とする浜田山に、婦人はさも当然といった態度で、

「ええ、合図がありましたら、ご飯を二階の部屋の前に置いておきますの。そうするとそのうち食べているようで、空になった食器がいつの間にか廊下に出ているという仕掛けです。博文ちゃんが通販で買うゲームや漫画、それにアニメのお人形の、フィギュアとかいうんでしたわね、ああいう物も宅配で届いたら二階の廊下に置いておくんですのよ。気がつくとなくなっていますから、私どもの見ていないうちに回収しているんでしょうね」

それはちょっと怖いぞ。というより、思いっきり末期症状だ。これはもう作家がどうこう

ではなく、専門医のカウンセリングが必要なレベルである。

絶句している浜田山に構わず、婦人は云う。

「きっと博文ちゃんは作家に向いていると思うんですよ。小学校の時、国語の成績だけはよかったんですの。根気もあるし、こつこつと一人で作業するのは得意なはずなんです。ほら、あのプチプチの梱包材がありますでしょ、ビニールの、物を包むのに使う。あの大きいのが家にあったんです。確か、カラーボックスか何か買った時に包んであったので、十メートルばかりもありましたっけね。それをね、中学生の頃、博文ちゃんはプチプチと一段ずつ潰したんですのよ。ええ、こんな大きくて広いのを一段ずつ、それはもう丁寧に。何日も何日もかけて、一列も漏らさずに端から順番にプチプチプチプチと、本当にもう丁寧にね。ほら、そんなこと根気がないとできやしないでしょう。一人でこつこつやる作業が向いているのは、これで判りますでしょ」

どことなく誇らしげな口調で婦人は云った。目が宙を見据えていて、少しあちらの世界へ行きかけているふうにも感じられる。

「博文ちゃんならきっと適性があると思うんですのよ。作家の人って一日じゅう机に向かって文章を書くんでしょう。博文ちゃんだってもう二十年も部屋に籠もりっきりなんですから、ずっと机に齧《かじ》り付いていられる根気もある証拠ですわよね。ねえ、できますでしょう、作家のお仕事。博文ちゃん、本もよく読んでいるんですよ。ネット通販でしょっちゅうアニメの本を買っていますし、アニメのＤＶＤなんかもよく注文して、物語を見る目は養われていると思うんです。だからきっと作家にもなれると思います。作家なら学歴なんか要らないんですよね。よく作家の人で、ろくに学校も行かないで放浪していたような人だっていると聞きますわよ。それに学校なんて小さな世界に閉じ籠もっていちゃ大した物は書けないでしょうしねえ。その点、博文ちゃんも学校なんて行っていないし、きっと向いていると思うんですの。博文ちゃんももう三十四ですからねえ、そろそろ何かお仕事をした方がいいとも思うんですけど、普通の人のするような当たり前の仕事じゃつまらないじゃないですか。作家になれば、まあ一応世間体は保てるでしょうし、本人もきっとなってやってもいいかなと思うでしょう。大丈夫、あの子はやればできる子なんです。ならせてください、作家に。才能はあると思うんです。親の贔屓目《ひいきめ》で云うんじゃないんですけど、人一倍繊細で周りの環境に敏感な博文ちゃんですから、向いているんですよ、作家に。感受性も豊かで、小学校二年生の時に学校で先生に叱られたのを中学を卒業する頃にもまだ、ずっと覚えていて不満を零《こぼ》したりするくらい鋭敏な感性を持っている子ですんでね。そういう博文ちゃんなら、作家になれるはずですよねえ。博文ちゃんはセンスもある子だし、その気になればきっとできると思うんです。作家にならせてください。ねえ、できますよねえ。向いているんですよ、本当に、博文ちゃんは」

縋り付くように訴えてくる婦人を「とにかく書いた物を見せてくれ」の一点張りで引き剝がし、どうにかこうにかお引き取りいただく。

浜田山は嫌な汗をびっしょりとかいていた。

こんなことなら事前審査をやっておくべきだったか、と後悔していた。門戸を広く開けるために来る者拒まずの精神でいこう、などと編集長がゴリ押ししたせいでこんな羽目に陥っているのだ。何にせよ、原稿がなくて本人も来られないでは手の打ちようがない。大きくひとつため息をついてから、内線電話をかけた。

「次の人を頼む」

そうして入って来たのは、三十代半ばの男だった。浜田山と同年代くらいで、ネクタイをしておらず、やけに派手な柄のシャツにジャケット姿である。入室するなりその男は、どっかりと座って足を組んだ。面接に臨む態度とは到底思えない。横柄な仕草に少しむっとしながらも、浜田山は尋ねる。

「まず、お名前をお願いします」

「名前、ね。ペンネームでいいかな、天楼院硫斗《てんろういんりゅうと》といえば判ってもらえるかな」

と、男は尊大な物言いで胸を張った。そのふんぞり返った姿勢と偉そうな言葉遣いも不愉

快だったけれど、ペンネーム？　天楼院？　と浜田山は疑問に思う。すると相手は、意外そうに、

「おや、きみは地球出版の編集の人だよね、俺の名前を聞いてピンと来ないのかい」

「はあ、ピンとは来ませんが」

浜田山が戸惑っていると、天楼院硫斗と名乗った男は大げさに肩をすくめて、

「おかしいな、俺を知らないなんて変じゃないか。きみ、本当に地球出版の人なの？」

「そうですけど」

「だったら妙だ。知らないなんてあり得るのかな」

「と、おっしゃられても」

ますます困惑するばかりだ。そんな珍妙なペンネームの人物など、聞いたことすらない。

「まあいい。俺を知らない不勉強をなじっている時間が惜しい。手っ取り早く出版の話をしよう。本を出すのは九月か十月頃でどうだろうか。その辺ならば、年末の各社でやっているベストテンのアンケートにもみんな投票しやすいだろうしね、存在をアピールできるだろう。装丁は祖母江仁《そぼえじん》氏あたりに頼むといいと思うよ、有名な装丁家だから。表紙も名のあるイラストレーターを使ってほしいな。洋画の有名画家でもいいか。それとも写真を表紙にするのも手かもしれないね。モノクロ写真なんて渋くていいんじゃないかな、一流どころのカメラ

マンに依頼して。そこに赤い文字でタイトルと、天楼院硫斗と名前をドーンと大きく」

「いや、ドーンはいいですけど、ちょっと待ってください。今日は原稿の持ち込みの日なんですよ。本にするだの表紙だのという前に、とりあえず原稿を見せてもらわないと困ります」

やっとの思いで浜田山が口を挟むと、相手は再びオーバーな仕草で肩をすくめて、

「ああ、そうか、きみは判ってなかったんだったね。俺の原稿ならとっくに預けてあるんだよ、この地球出版の編集部に」

「えっ、うちにですか？」

「そうだよ」

男はうなずくが、浜田山としてはこんがらがるばかりだ。そんな話は聞いていない。誰か他の編集者と付き合いのある作家志望者なのだろうか。いや、でもそれならわざわざ今日、原稿の持ち込み会場に来る必要もないわけで――。混乱しつつ、浜田山は尋ねてみて、

「ええと、誰かうちの者に原稿を渡してある、というようなお話なんでしょうか」

「誰か、という表現は正確ではないな。きみも出版業界人の端くれなら、言葉遣いは正しくしなくちゃいけない。そうでないと恥をかくのはきみだけじゃなくて、地球出版という出版社そのものだからね。というわけで、誰か、ではないんだ。賞に出したんだよ。俺が受賞す

るんだろう」

「賞、というと、うちの新人賞ですか」

「他に何がある？」

男は、さも当然とでもいうような口振りで云う。新人賞といえば地球出版では〝地球新人文学賞〟を主宰している。確かに毎年公募しているが、それがどうしたというのだろうか。

「ちょっと整理させてください。天楼院さん、でいいんですよね、天楼院さんはうちの新人賞に作品を出されたんですね」

「さっきからそう云っているが」

何を当たり前なことを、と云いたげな顔つきで天楼院硫斗なる男はうなずく。

「しかし、賞の結果はまだ発表になっていないはずですよ」

と、浜田山は云った。新人賞に直接携わっているのは別の編集部員なので、浜田山は詳細までは知らないけれど、確かまだ一次選考が終わったばかりのはずだ。その段階で受賞がどうこうというのはおかしい。しかし相手はしれっとした態度で、

「まあ、まだ発表にはなっていないようだね。でも俺の受賞は確実だ。だから具体的な話をしようと思ってこうしてわざわざ訪ねて来たんだがね」

「ええと、どうして確実だと云えるんでしょうか」

「そりゃきみ、俺の小説が群を抜いて優れているからに決まってるじゃないか。一番面白いんだから、受賞は確定的だろう。地球新人文学賞はこれまでの受賞作にいくつか目を通してみたけどね、俺に云わせりゃどれもてんでなっていないね。つまらなかったよ。どの受賞作も、俺の小説に較べたら足元にも及ばない。俺の書いた物の方が何十倍も面白いんだから、これは絶対に俺が受賞するに決まっている。大型新人のデビュー作として大々的に売り出してくれたまえよ。必ずヒット作になるから。ベストセラー間違いなしだ。ああ、映画化も頼むよ。その時は、主演の俳優は特に指定しないけど、ヒロイン役は茶柱縷々子《ちゃばしらるるこ》に決めている。それ以外は認めない。絶対に茶柱縷々子だよ。そうだ、今からスケジュールを押さえておいた方がいいね。彼女も売れっ子だから、早めにオファーを出しておかないと。あと、原作者として対談もするからね。人気女優と新進気鋭の作家との夢の豪華対談だ。この段取りも組んでおいてくれよ。これも話題になるだろう。宣伝効果も抜群だ。映画も大ヒットするね、きっと。茶柱縷々子がヒロインで俺が原作なんだから、当たらない方がおかしいだろうし。邦画界に新風が吹き荒れるわけだ。ああ、監督は若手の有望株を起用してくれたまえよ。ベテランの監督だとカラーが決まってしまってつまらないから」

男が勝手なことを喋り散らすのを聞き流しながら、浜田山は机の下でスマホを操作した。自社のサイトを開き、新人賞のページを確認する。それによると、やっぱりまだ一次選考が終わった段階だった。一次選考を通過した作品は八十本ほどで、そのタイトルと作者名が発表されている。ずらりと並んだ応募者の名前をスクロールしても、その中に天楼院硫斗とやらのペンネームは——ない。どこにもない。そんなペンネームの人物は一次選考を通っていないのだ。こいつ、一次すら通過していないじゃないか。それなのに受賞者気取りでふんぞり返っていやがったのか。とんでもないカン違い野郎ではないか。浜田山は呆れ返って言葉を失うばかりだ。

「映画がヒットしたら次はテレビドラマ化かな。もちろんその時もヒロイン役は茶柱縷々子だよ。他の女優じゃ絶対にダメ、俺が認めない。もう彼女のイメージでしかないからね、この役は。テレビの番宣なんかもあるだろうから、その時は俺も一緒に出てやってもいいかな。原作の作家とヒロインが一緒にインタビューを受けているところなんか、テレビ映えするだろう。ああ、雑誌の取材なんかも受けないといけないか。茶柱縷々子と二人でグラビアページを飾るのも、俺はやぶさかではないけどね、まあ少し照れくさいが、それも宣伝の一環だから、仕方がないか」

たわごとをつらつらと語り続ける自称受賞者の大先生に「とにかく話の続きは新人賞の結果が出てからにしてください」と、お引き取りいただく。つまりは「今すぐ俺をデビューさせろっ、これが未来のベストセラー作家に対する扱いかっ」と喚く男を強引に部屋の外へ押し出したのである。大いに徒労感があった。

「はあ、疲れた――さて、次の人を頼む」

今度はまともな人が来てくれよ、と心の内で願いながら浜田山は内線を入れる。

次に入って来たのは若い女性だった。

年は二十代後半くらいだろうか。明るい栗色の髪に、ばっちりとフルメイクで決めている。派手なピンクのツーピースで、金具の大きな金のネックレスをつけていた。ごてごてしたメイクのせいで素顔がまるで想像できないから、美人なのかどうなのか、ぱっと見では判断しかねる。いずれにせよ、長すぎる睫毛《まつげ》とラメ入りのアイシャドーが少々下品に感じられた。安っぽい香水の匂いが強烈に漂ってくる。

「では、早速お原稿を拝見します」

浜田山が手を差し出すと、女性はその手に、汚い物でも見るかのような蔑んだ目を向けてきて、

「はあ？　何それ、意味判んない」

あまりにも高圧的な物言いに浜田山は面喰らいつつも、

「いや、持ち込み志望者のかたですよね。でしたらお原稿を見せていただかないと」

「バッカじゃないの、何云ってんのよ。あのね、あたし、ワイドショーのコメンテーターに

なりたいんだけど」

　それこそ、はあ？　である。完全にお門違いだ。

「ええと、でしたらそういうオーディションなり何なり受けに行かれた方がいいかと。何か思い違いをしていますね。ここは出版社で、今日は作家デビューを目指すかたを募集しているんですよ」

「そんなことは判ってる、あんたバッカじゃないの？　コメンテーターにオーディションなんかあるわけないじゃん。段階踏まないとなれないの、そういうのは」

　と、女性は見下した視線で浜田山を見てきて、

「あのね、あたしを美人女流作家として売り出すの。そんで、その後でワイドショーのコメンテーターになってやるって云ってんじゃない。何の肩書きもなしにテレビ局が使ってくれるわけないじゃん。それくらい判んないかな？」

「そのために作家になりたいという話なんですか」

　浜田山が驚いても、相手は意に介さず、

「ほら、今テレビに出てるコメンテーターに宝井満月《たからいまんげつ》っていんじゃん、あのおばさん。あいつだってワイドショー出てるけど、一応作家って肩書きでやってんじゃん。でも喋ってることなんかバッカみたいで、頭悪いの丸出しじゃん。知ったかぶりしてくっだらないことぱあ

ぱあぱあぱあ囀《さえず》ってさあ、あれくらいならあたしにだって簡単にできるし。あんな不細工なおばさん使うくらいならあたしが出てやった方がテレビ局の人達だって喜ぶっしょ。あたしの方が絵になるに決まってんだから。宝井満月なんかが云ってるバカみたいなことより、あたしが喋った方が絶対マシに決まってんだしさ。あいつ、何にも考えないでその場の思いつきで喋ってるだけじゃん。あんなバッカみたいなおばさんの代わりだったらいくらでもいるっつうの」

確かに宝井満月という女性作家はテレビのワイドショーなどによく出演している。コメントの内容が愚劣であるという指摘も納得できないでもない。しかし、彼女はそれでも一応作家なのだ。確か、若い頃に銀座のホステスか何かをやっていて、そこで某新進作家と知り合い、すったもんだの末に略奪婚したのではなかったっけ。その後、夫の作家の推挽《すいばん》で文壇に潜り込み、本を出すようになったはずである。そして今でもコンスタントに新刊を上梓している。浜田山は読んだことはないけれど、そんなスキャンダルまがいの騒動込みで世間の認知度は高いのだ。テレビ局が起用するのは、経緯はともかく名の知られた作家だからなのだろう。まがりなりにもプロの著名作家のことを、この中身のなさそうな女性がとやかく云う筋合いはないと思う。

「ですから、コメンテーターになるにせよ何にせよ、とにかく作品を書かないことには始まらないと思いますよ。小説を書いて持ってきてもらわないと」

浜田山が云うと、女性は蔑んだような目つきで、

「はあ？　バッカじゃないの、あんた。何であたしがそんなことしなくちゃいけないのよ。小説書くなんて、そんなオタクみたいなことあたしにやれっていうの？　そんなのゴーストライターとかにやらせときゃいいじゃん。ほら、芸能人が本出す時なんかは大抵ゴーストライターに書かせてんでしょ。そういうのの手配も出版社の人の仕事に決まってんじゃん。どうせあの宝井満月なんかもゴーストライターに書かせてんでしょ。前にブッコオフで100円で見かけたから一冊読んでみたけど、内容スッカスカでバッカみたいだった。男と女がただヤッてるだけでさ、あんなのただのエロ小説じゃん。あれくらいなら安いゴーストライター雇えばすぐ書けるっしょ。だからあたしもそうやって作家になるの。あんたはそうなるようにサポートしてくれればいいだけ」

「いえ、普通は出版社ではそういうことまで面倒はみませんよ。今日も新しい作家を発掘しようというプロジェクトですから、自分で小説を書かない人に来られても困るわけです」

と、浜田山が主張しても、女性は苛立った態度を隠そうともせずに、

「だからあ、あたしが作家になってやるって云ってんじゃん。わっかんないかなあ、バッカじゃないの、あんた。あのね、あたしが云う通りやればそっちだって得するって話してんの

よ。あたしがワイドショーのコメンテーターになれば、本だってばんばん売れんじゃん、テレビで宣伝できるんだからさ。あたしがどんどんテレビ出て人気作家になれば、あんたんとこも儲かんじゃん。ほら、どっちにとっても得になる。こういうの何ていうの？　ウィンウィンってやつ？　あたしもコメンテーターのレギュラー取ってガンガン稼げるし、あんたんとこの出版社も本が売れてバンバンお金が入ってくんじゃん。ほら、簡単な話でしょ。これくらいの理屈、なんですぐに判んないの？　バッカじゃないの、あんた。ほら、こんだけ説明してやったんだからもう判ったでしょ。いいからすぐにデビューの用意してよ。あたしが作家になってやるって云ってんだし」

捲《まく》し立てる女性を押しとどめて「いいから書いてもらわないと始まりません」で押し切ってご退場いただいた。また大汗をかいた。

浜田山は窓を開け、安っぽい香水の匂いを外へ追い出しながら嘆息する。

「やれやれ、くたびれた。うちはゴーストライター斡旋所じゃないって。いや、そろそろ本当にまともな人が来てくれないもんかな」

独りごちて気分転換し、次の人を呼ぶように内線で伝えた。

そして、入室して来たのは老人だった。年齢は七十前後だろうか。それでも背筋はしゃっきりと伸びていて、矍鑠《かくしゃく》としたものだった。髪はまっ白な蓬髪《ほうはつ》で、雪を戴いた冬山のようである。

老人は元気よく挨拶して、自己紹介で名前を名乗った後、

「所沢から電車を乗り継いではるばるやって参りました。本日はよろしく願います」

きっちりと頭を下げた。しっかりしている。まだまだ現役で通用しそうなお爺さんだ。けれど、お達者そうなのは結構であるが、フレッシュな才能を求めるという今日のコンセプトからはほど遠い気がしないでもない。いくら何でも年が行きすぎてはいまいか。これで大丈夫なのだろうか。そんな懸念を感じつつも、浜田山は口火を切って、

「さて、今日は新人作家の募集なのですが、お原稿はお持ちいただけましたか」

老人の傍らに置かれた大きな肩掛け式の革バッグ。それを見ながら問う。

すると相手は、堂々とした態度で、

「うむ、それなのですが、申し訳ないが年寄りの目には原稿用紙のマス目をちまちまと埋める作業がちとキツいものですからな。失礼とは思いましたが、口述筆記用の素材を持参した次第です」

「口述筆記用、ですか？」

「うむ、わしが語った話を吹き込んだものです。なるたけ文章にしやすいように文語になるように心掛けた。これをそのまま文字に起こしていただければ、原稿になるはずです」

そう云って老人は、バッグからビニール袋を引きずり出した。全国的にチェーン展開しているドラッグストアの袋だった。袋は大きくてパンパンに中身が詰まり、まるでシャンプーとコンディショナー一式を買ってきたみたいにも見える。

「この中に吹き込んだ物が入っております」

と老人は、浜田山の前のテーブルに袋をどしゃっと置いた。音声メディアにしてはやけに嵩《かさ》がある。何なんだこれは、と思いながら浜田山は袋を覗き込む。そして、のけぞりそうになった。

中には大量のカセットテープが入っていたのだ。ごちゃっと無造作に、数十個のカセットが突っ込んである。これでは確かに嵩張《かさば》るはずだ。

いやしかし、それにしても、今時カセットテープとは驚いた。これ、再生する方法なんてあったかな、と何気なくひとつを取り出してみて、思わず吹き出しそうになる。タイトルらしき文字が、カセットの表面のラベルに書き込んであったのだ。その四角ばった手書きの文字が『我が闘争』。エラいタイトルをつけたものである。

浜田山は次々とカセットテープを取り出して見てみる。

『我が闘争　第四章　ゲバ棒と投石』

『我が闘争　第七章　アジビラ三千枚』

『我が闘争　第九章　火炎瓶と水平放水』

『我が闘争　第十一章　成田にてスクラム』

『我が闘争　第十四章　新宿騒乱かく戦えり』

『我が闘争　第十七章　陥落、安田講堂』

しばし言葉を失った後、浜田山はどうにか気を取り直して、

「ええと、これは、つまりこういった内容なのですか」

「うむ、わしの若き日の闘いの記録ですじゃ」

と、老人は胸を張って云った。皺《しわ》の刻まれた顔が、誇らしげに輝いている。

「当時のことを知る者も、もう少なくなってしまった。歴史の証言として残すべきだと思い立ちましてな。そこで御社の募集を見て、一念発起して語り尽くしたというわけです。これも馬齢を重ねた者の使命と捉え、老骨に鞭打った成果ですわ。如何《いかが》かな。これを文字に起こして本になりませぬでしょうか」

「うーん」

と、浜田山はつい意味のない唸り声で応じてしまった。今時、これはどうだろうか。いささか困惑を感じざるを得ない。そして、首を捻ったままで、

「ひとつ伺いますが、あなたはこうした一連の運動に参加していたんですね」

「うむ、しておりました」

「では、あの有名な東大安田講堂立て籠もりの当事者でいらっしゃる?」

「いや、わしはあの場にはおりませんでしたな。しかしテレビの中継はしかとこの目で見ておりましたぞ」

「そうですか」

と、浜田山は少しがっかりする。当事者の証言ならばまとめ方によっては興味深いドキュメンタリーになる可能性もあるかと思ったのだが、目論見が外れた。浜田山は気持ちを切り替えて、

「では、新宿の大騒乱の現場にはいらしたんですね。あれはかなりの数の学生や労働者が集まったそうですから」

「いやいや、それもテレビで見守っておりましたな」

「だったら、国会前のデモ行進には参加されていたんですね」

「うむ、確か一度か二度、行った覚えがあります」

「一度か二度、ですか――ええと、学生運動に関わっていらしたんですよね」

「無論です。わしの闘える魂はいつでも革命闘士と共にありましたぞ」

「具体的には、どういった活動を？」

「うむ、主にテレビで見守っておった。あさま山荘の時などは連日徹夜で、一時も見逃さずに釘付けになっておりましたぞ。気持ちだけは革命闘士と同等に、現地で闘っておるような心持ちでおったものですわい」

「しかし、直接参加していたわけではない、と？」

「そういう云い方をしたら身も蓋もなかろう。ただ現地におらんというだけで、志だけは革命闘士と同じくらいに高く持っておりましたぞ」

「デモに行ったのが一、二回で？」

「うむ、まあ、一度だったかな」

「学生集会は？」

「あれは雰囲気があまり好かんかったからな、一遍で懲りた」

「それではやっぱり参加はしていないんじゃないですか」

「いやいや、機動隊が整列しておるのはこの目で見たことがありますぞ、うむ、確かに見ましたとも。ゴツいジュラルミンの楯を持っておってな、見るからに厳《いか》つい感じで迫力があったものですわい」

老人は力強く云うが、何のことはない、結局は自分では何もしていないノンポリ学生だったというだけの話ではないか。浜田山は脱力する思いだった。だったらこのテープの山は一体何なんだ。体験談でも何でもない、多分ただの又聞きの話なのだろう。そんなものに意味などあるとは思えない。

「とにかくですね、音声だけではどうにもならないんです。一度原稿に起こしてから再チャレンジしていただくという方向でお願いします」

という口実をつけて、ご老体には退場願うことにする。

「いや、当時の貴重な証言を活字にして記録を」「歴史の語り部としての使命が」「今は亡き同志の魂の叫びを何としても本に」などと主張してぐずる老人を、なだめすかして部屋から追い出した。

また大汗をかいてしまった。無意味な汗だ。充足感はまったくない。浜田山は大きくため息をつく。

まったくもう、せめて原稿だけでも書いた人に来てほしいものである。これまでの応募者は誰一人として書いていなかったではないか。こっちは小説の原稿を求めているのだ。募集要項でもくどいほどそれを強調したはずなのに。最低限のラインだけはクリアしてほしい。

そして内線電話の受話器を取り、

「次の人を通してくれ」

いささか疲れ果ててきた浜田山だったが、気力を振り絞ってそう告げる。

そして部屋に入って来たのは中年の男だった。

背が低く頭頂部の薄い、貧相な印象の人物である。小太りで腹回りに贅肉がだぶついているのに、どことなく貧乏くさく感じられた。全体的にぱっとしない小物感の漂うその顔に、ずっと卑屈な愛想笑いを浮かべている。

中年男はおずおずと、バッグから紙の束を取り出して、テーブルの上にそっと置いた。

「すみません、これ、原稿です」

ぼそぼそとした口調で、なぜか謝ってくる。

しかし浜田山は、胸の内に嬉しさがこみ上げて来るのを感じていた。これこそが待ちわびていた展開だ。とうとう来た。原稿だ。持ち込みだ。そうそう、こうでなくっちゃ。浜田山は感激のあまり、相手の貧相な外観など気にならなくなってきた。

B5判の紙束の表、一ページ目に『～～殺人事件』とタイトルが書いてあった。やたらと画数の多い一見読めない漢字が並んでいる題名である。ミステリなのだろうか。しかし、このタイトルのセンス、いささかアナクロすぎやしないか。いやいや、贅沢を云っている場合ではない。こうして小説の原稿が目の前にある。持ち込み原稿だ。そう、これが本来あるべき形なのだから。

でも待てよ、と浜田山の目はタイトルの横で止まった。著者名が記されている。名前は倉

――ん？　この名前、どこかで見た覚えがあるぞ。そして視線を上げてよく見れば、愛想笑いを浮かべる中年男の顔にも記憶を刺激するものがあった。

「あの、どこかでお目にかかったこと、ありますよね」

浜田山の問いかけに、相手は照れたように笑って、

「ええ、多分、どこかの出版社のパーティーか何かかもしれませんね」

と、恥ずかしそうに云った。

「実は、その、私、もうデビューはしていまして、一応作家をやっています。ただ、最近はどこの版元さんからもなかなか本を出してもらえないというのが現状でして。そんな折、こちらの原稿持ち込み歓迎との広告を見まして、これはいい機会だと新作を持参したわけです。よかったら私の本、出してもらえると助かるんですが」

卑屈な上目遣いで中年の作家は云う。

そうだ、思い出した。この人、近頃あちこちの出版社に原稿の持ち込みをして煙たがられている、ある種の名物男だった。プロの作家なのに鳴かず飛ばずになって、本を出してほしいと編集者にストーカーまがいのつきまといをしているという、業界内有名人である。どうやって生きているのか誰も知らない、出版界に巣くうゾンビのごとき存在である。

ついでにもうひとつ思い出したけれど、この人の本は売れないのでも有名だった。どうせ

この持ち込み原稿も、読者が見向きもしないレベルのつまらないものに決まっている。本にしても売れないだろうし、出版する気にもならない。

浜田山は頭を抱えたくなった。

せめて原稿を書いて持ってくる人をと願ったのだけれど、まさかこんなややこしい人物が紛れ込んでくるとは思わなかった。

それでも一応、原稿を持ち込んできた。今日これまでで一番マシな人材であることは確かだ。いや、マシといえるのだろうか。何しろ売れないので有名なロートル作家である。各社をたらい回しにされた挙げ句、ここへ流れ着いてきたのだ。フレッシュな新人とは最も縁遠いといっても過言ではないだろう。こんなのが今日一番まともな応募者だなんて、何とも情けない事態ではある。

持ち込み原稿を奨励したのにろくでもない連中が次々と現れて、やっと実際に原稿を携えて作家志望者が来たと思ったらこの売れないミステリ作家なのだ。倉ナントカという、名前すらはっきり思い出せない程度のマイナーな。

持ち込み原稿を唯一持ってきた最もマシな応募者が、作家として最低ランクとは。何たる矛盾した状況であろうか。

愛想笑いを浮かべ続ける中年作家の顔を見ながら、浜田山は無力感に苛《さいな》まれていた。

そして、この面倒くさそうな作家志望のプロ作家をどうやって追い返そうか、もはやそれしか考えられなくなっていた。

悪魔のささやき

CASE・1

「しまった、〆切りをすっかり忘れていた」

思わず声に出してしまった。

深夜の書斎でのことである。

まるで何かの説明をするみたいな独り言をつぶやいてしまうほどの、自分でも驚くくらい、あまりにも大きなポカだった。馬歩鎌太《うまあるきかまた》は、愕然とするばかりだ。

馬歩鎌太は作家である。ベテランと呼ばれる年齢で、割と売れているといってもいいだろう。その証拠に〆切りが重なって多忙である。月末ともなるとおちおち眠ってもいられなくなる。このところ一週間ばかり、一日の平均睡眠時間はだいたい三時間ほどだろうか。そして起きている時間はほぼずっと、仕事机の前でキーボードを打っているのだ。週刊連載が二本に月刊誌の連載が四本、そこへ長編のゲラが二冊分、重なってしまった。この長編も以前に月刊誌で連載していたもので、校閲から回ってきて赤を入れなくてはならない。それらの〆切りに間に合うように、ぶっ通しで書き続けた。それこそ寝食を忘れて。

そして先ほどようやく、今月最後の一本を書き終えたばかりだった。お陰でへろへろである。体力はとうに限界を過ぎている。手が痛く、腰も痛い。目がしょぼしょぼする。今すぐにでもベッドに倒れ込みたい。

そんな時、スケジュールノートに挟んだメモに気がついた。明日〆切りの読み切り短編を、某文芸誌から依頼されていたのだ。イレギュラーな単発仕事なので完全に失念していた。今の今まですっかり忘れていた。これが思わず声を上げてしまった原因である。

秘書でもいてスケジュール管理をしてくれていれば、こんな事故は起こらなかったはずだ。担当編集者や同業の作家仲間からはよく云われていた。「馬歩さんくらいの作家なら、普通は秘書を雇いますよ」と。しかし馬歩は、小説というものは一人で黙々とやる仕事だと思っていた。確たる信念があるわけではないけれど、何となく億劫で、秘書の件は延ばし延ばしにしているうちにあやふやになってしまったのだ。そのせいで、とうとうこんな大ポカをやらかしたわけである。スケジュール管理をアナログ方式でやっているのも災いした。六十過ぎの馬歩にとってはスマートフォンやらパソコンなどより、ノートやメモの方に馴染みがあるのはやむを得ないことであろう。

などと言い訳してみたところでどうにもならぬ。どうしよう、〆切りは明日だ。メモには、明日の正午とある。デッドラインは遅くても明日の夕方だろうか。それまでに四十枚の短編を書かなくてはいけない。

書けるか？　今は午前三時。時間は一応、十二時間以上ある。無理をしてがむしゃらに書けば、できない分量ではない。

しかしそれは、気力も体力も充実している場合の話である。今夜はもう限界だ。何しろずっとまともに睡眠を取っていない。体力はすっからかん。先ほど最後の〆切り分を終わらせたと思い込んでいたので、集中力も完全に途切れてしまった。気力も、振り絞れるとは思えない。アイディアのストックもない。これから一から考えて書くのは到底不可能といっていいだろう。若い頃ならば無理も利いただろうが、還暦過ぎた身には応える。これはダメか。落とすしかないのか。〆切りは諦めるか。馬歩は観念しかけた。

その時、仕事机の隅に置いてあった一冊の本が音もなく開いた。風もないのに、手も触れていないのに、表紙が静かに開いたのだ。

何だ、なんなんだ、これは。思わず目を剝く馬歩の眼前で、本のページの間から白い煙が立ちのぼった。綿飴のような濃密な煙で一瞬、目の前がまっ白になった。

しかし不思議なことに、煙はすぐにかき消えた。まるで、目に見えない空気清浄機にでも吸い込まれるみたいに、あっという間に空中の一点に集まって消えてしまったのだ。正に煙のごとく、である。

びっくり仰天する馬歩だったが、さらに驚くべきことに煙の消えたその場所に、不気味な生物が立っていた。いや、これは生物と呼んでいいのだろうか。

大きさは猫くらいだ。体毛が黒いから黒猫である。だが、それは猫などではない。直立しているのだ。骨格的には類人猿を思わせる立ち方だった。腕と手指も、猿のような感じではある。そしてその顔も、醜い猿みたいだ。ただし耳は大きく尖り、口元から牙が覗いている。猿を思わせるその顔に、にやにやしたいやらしい不快な笑みを湛《たた》えているのが不気味だ。さらに背中にはコウモリみたいな翼が生え、長く細い尻尾《しっぽ》の先端がスペードの形をしていた。

と、そいつが口を開く。

「オレは本の悪魔。本にまつわる仕事をしている者の前に現れる。お前は作家だろう。だから出てきてやったんだ」

耳障りな軋《きし》むような声で、その不気味な生物は云った。猿のような顔には、下卑たにやにや笑いを浮かべたままだった。

なるほど、悪魔か。そう云われればそうとしか見えないな。馬歩は納得した。

普段ならば、このような超常現象など信じるタイプではない。馬歩は合理主義者だ。ところが今は、すんなりと受け入れられた。空中に突如として現れる悪魔などという超常的な存在が、何の疑いもなく呑み込めていた。後から思えば、悪魔の赤く光る妖しい瞳の能力で、そういうふうに思念を操られていたのかもしれない。もしくはそうしたフェロモンのようなものが黒猫みたいな身体から発せられていたのか。

とにかく、まったく疑問に感じずに馬歩は、そいつに向かって尋ねていた。

「その悪魔とやらが何しに出てきたんだ」

「お前が困っているようだからな、助けてやろうと思ったのだ」

悪魔は軋むような不気味な声で、にやにや笑いながら答える。心なしか言葉のイントネーションも少しおかしい。

「俺が困っているのが判ったのか」

「そりゃ悪魔だからな、何でもお見通しさ。困っている作家は、オレのいわばお得意さんのようなものだ」

「確かに俺は作家だし、切羽詰まってもいる。しかし具体的に何ができるんだ」

「何でもできるぜ、お前の願いを叶えてやる。ただし、不老不死や火星への旅行なんかを願ってもダメだ。オレは本の悪魔だからな、できるのは本にまつわることだけだ。さあ、望みを云え」

「その代わりに魂をよこせと云うんだな」

「けっ、くだらん、信仰心のない人間の魂なんか要らないよ」

と、悪魔は鼻で笑って、

「もしオレが魂をもらうにしても、それは敬虔《けいけん》な神の信徒のものでないとつまらない。お前は違うだろう」

「まあな」

悪魔の問いかけに馬歩はうなずく。そういう点において馬歩は、典型的な日本人だ。元旦は神社へ初詣に行き、灌仏会《かんぶつえ》の縁日を冷やかして、クリスマスにはシャンパンで乾杯する。郷里の先祖代々の墓所は、確か曹洞宗の寺にあったはずだ。

「だからお前の魂なんかほしくもない。こいつは云ってみれば、退屈しのぎのサービスだ。何でも望みを叶えてやる、それだけのために出てきたんだ」

「無償で、か」

「もちろんだ」

「そんなうまい話があるのか」

「疑り深い男だな。悪魔だからといって悪いことばかりをするわけではない。退屈しのぎだと云っただろう。ボランティアと云い替えてやってもいいぜ」

悪魔はにやにやと笑って云った。

「ううむ、そうか」

馬歩は腕を組んで考えた。どうやらこちらにデメリットのある話でもなさそうだ。

「よし、判った、願いを云う」

「ああ、どんな望みでも叶えてやるぜ」

「明日〆切りの仕事があるんだ、いや、もう日付が変わっているから正確には今日だな。それを延ばしてほしい」

馬歩は云った。こんなささやかな望みならば、万一しっぺ返しを喰らうとしても特に大きな不幸に見舞われることもないだろう。

「どうだ、できるか」

「たやすいことだ」

にやにやと笑ったまま、悪魔はうなずく。

「では、お前が今抱えている〆切りは延びる。望みは叶うだろう」

そう悪魔が云ったとたん、ぼんっと小さな音がして、また白い煙が立ちのぼった。目の前が一瞬、まっ白になる。しかしその煙はすぐに立ち消え、それと同時に悪魔の姿も見えなくなっていた。跡形もなく消失している。ただ、悪魔の出現した本の表紙が開いたままなのが、唯一、超常的な現象があったことの名残だった。

何だったんだ、今のは――。

馬歩は、悪魔の消え去った辺りの空間を見ながら呆然としていた。

悪魔が現れた。午前三時の、俺の書斎に――。

不思議と恐怖感はなかった。あの醜い猿のような顔でにやにや笑った表情への嫌悪感が、わずかに残るだけだった。

まあ、いいか。

と、馬歩はそれ以上思い悩むのを放棄した。あんな幻覚を視るようでは、疲労が限界なのだ。睡眠不足も、許容量をオーバーしているに違いない。

もう寝てしまおう、こうなりゃヤケだ。

馬歩は寝室に向かうと、着替えもせずにベッドに身を投げ出した。

そして――。

電話の音で目を覚ました。

寝ぼけ眼で時計を見ると、昼をとっくに過ぎていた。

しまった、寝過ごした――。

妙な幻影を視たせいでフテ寝をしたのは大人げなかったか。そう反省しながら電話に出る。

例の、〆切りを忘れた文芸誌の編集者からだった。さて、どう言い訳をしたものか、と考えている馬歩に、相手は神妙な口調で云う。

「馬歩さん、実はですね、海鼠撫篁笥夫《なまこなでたんすお》先生が亡くなりました」

「へえ」

馬歩はその訃報には、さして驚かなかった。

海鼠撫篁笥夫先生といえば、文壇の重鎮である。確か、御年九十をとっくに超えているはずだ。

海鼠撫先生はその年でも現役で執筆を続けていた。旺盛な創作意欲で本を書き、講演をこなし、幾つもの文学賞の選考委員を務め、作家の親睦団体などでも会長職に就いていた。某公共放送の日曜夜の歴史ドラマの原作になったのも一度や二度ではない。文化勲章や紫綬褒章などももらっている。大物中の大物だ。

「そんな事情で、次の号は急遽、海鼠撫先生の追悼特集号に変更ということになりまして、そちらでかなりのページ数を割かれると思うんです」

と、編集者は恐縮したように、

「つきましては、馬歩さんのお原稿はその次の号に先延ばしさせていただけませんでしょうか。急なお願いで申し訳ないのですが」

「じゃ、今日の〆切りは？」

「あ、もちろんそれも来月で結構です。先延ばししていただいても構いません」

「そうですか、そういうことなら仕方ないですね」

「本当に、突然なことですみません。急なことでこちらもばたばたしておりまして」

「いえいえ、気にしないでください」

電話を切って、ぽかんとしてしまった。

延びた、〆切りが延びた――。

海鼠撫先生の突然のご不幸には、特にショックを受けたりはしなかった。何しろお年もお年だ。それに、あちらが大物すぎて直接の接点があるわけでもなかった。歴史上の人物が今頃になって亡くなったのを聞かされた気分でしかない。もちろん文壇のパーティーなどでご尊顔を拝する機会は何度かあったけれど、雲上人の大先輩と言葉を交わす栄誉に浴することは、ついぞなかった。だから悲嘆に暮れることもない。年を考えれば、あっぱれな大往生だろう。

それより、〆切りが延びたことの方が、正直云ってありがたい。

昨夜の悪魔は幻ではなかったということか。

しかし、深く考えるのはやめておいた。

まあこんなこともあるか、と思う程度に留めておこう。不謹慎だが、〆切りが延びてちょっとラッキー、くらいのものだ。

いつまでもこの件について考えていても仕方がない。

延びた〆切りは終わった話だ。

この問題にばかり拘泥してもいられない。

馬歩は忙しい。

これでも売れっ子作家なのだ。次の仕事は待ってくれない。〆切りは次から次へとやってくる。押し寄せてくる。

そうして日々の仕事に追われるうちに、例の悪魔のことなど忘れてしまった馬歩であった。

そして、数年が経過した。

馬歩はまた、〆切りのピンチを迎えていた。

今回は失念していたわけではないが、スケジュールがズレ込み、どうにもならなくなったのだ。多数の〆切りが少しずつ日程を圧迫し、どうしてもひとつ、間に合わない〆切りができてしまった。多忙が故の弊害だ。これはいよいよ落とすしかないか、と思われた。これまではよほどの体調不良でもない限り、〆切りを落としたことなどなかった。〆切りに間に合わないのはプロとして恥ずかしい。これはどうしたものだろうか――と煩悶《はんもん》しているところに連絡が入った。電話の相手は、落としそうな〆切りの月刊小説誌の編集者だった。

「実は、虎之威寸志《とらのいすんし》先生が亡くなりまして、次号は追悼号になることが決まりました。ついては馬歩先生の〆切りも来月に延びまして、いきなりのことで本当にすみません」

「ああ、いえ、そうですか、こちらとしては構いませんが」

答えながらも馬歩は呆然としていた。

〆切りが危うくなると、突如救われる形になる。虎之威寸志先生も大御所の老大家である。その先生が急に亡くなった。いつかの時と同じだ。あの、本の悪魔と名乗る不気味な存在のことを思い出した。奇妙で不気味な相手と交わした約束。あの契約がまだ生きているのだろうか。それで今回もピンチを回避できたのか――。

何にせよ、〆切りが延びるのはありがたいことである。

複雑な思いで、ほっと息をつく馬歩であった。

そしてさらに数年が経ち、また〆切りの危機を迎えた。

編集者から電話があった。

「鰡目沢夢幻太《ぼらめざわむげんた》先生が亡くなりました。次の号を追悼号にしますので、馬歩先生の〆切りは来月まで先延ばしということでどうかお許しを――」

さらに何年かして、

「菰江素汰宴会《こもえすたえんかい》先生が亡くなりまして――」

と、〆切りの危機を迎えるたびに大御所作家が亡くなった。そのお陰で、幾度となくピンチを切り抜けられた。

助かった。悪魔との取り引きも悪いものではないな。そんなふうに思う馬歩であった。

＊

「急だったなあ」

「うん、心臓だって話だからなあ、苦しんだ様子はなかったそうだけど」

「それがせめてもの救いか」

中年の男が二人、ベンチに座っていた。二人とも作家だった。春の陽だまりの中、中堅どころの作家二人は、のんびりと話している。

「しかし、大物の先輩がここ十年くらいで次々と亡くなったよなあ」

「まあ年も年だし、こういうのは順番だから」

「そうだな、上からだんだん亡くなるもんな」

しばし二人は沈黙した。やがて、片方の男が黒いネクタイを緩めた。火葬場の中庭。二人は、お骨が焼き上がるまでの時間を潰していた。先輩の作家が急逝したのだ。

やがて、どちらからともなく、会話が再開される。

「馬歩さんも忙しい人だったからなあ」

「明らかに仕事しすぎだったよ、あの人も」

「馬歩さんが〆切り落としたの、見たことないもんな」

「あれだけ無理すりゃ、そりゃ命も縮むさ」

「まあ、これで馬歩さんも〆切りのないところへ行けたってわけか」

「判らんぜ、あの世とやらにも〆切りがあるかもしれない」

「怖いこと云うなよ」

二人は薄く笑う。

「まあ、馬歩さんが〆切りに追われないところへ行けるよう、祈るとしようぜ」

「ところで、来月の『小説厳糖』は馬歩さんの追悼号になるんだってさ。そのお陰で俺の〆切りが延びた」

CASE・2

「ああ、くそっ、やっぱり載っていない」

一人悪態をつくと、鰆野急作《さわらのきゅうさく》は雑誌を仕事机の上に放り出した。鰆野自身の書いた小説も掲載されている中間小説誌である。

鰆野急作は作家だ。そこそこ売れている自覚はある。人気作家とまではいえないまでも、二十代半ばでデビューしてから二十数年、ずっと第一線で書き続けてきた。

別の文芸誌を手に取ってみる。こっちには鰆野の作品は載っていないが、付き合いのある出版社から毎月、雑誌は一通り送られてくるのだ。

鰆野の目当てのページは同業の仲間の小説ではない。書評欄だ。どの文芸誌でも大抵、書評に数ページが割かれている。評論家や書評家が、近刊の本について寸評を書いているのだ。鰆野は、各誌のそのコーナーにざっと目を通してみる。

これもだ。こっちにもそれにも載っていない。鰆野は乱暴に雑誌を閉じた。先月発売になった鰆野の新刊について触れている文芸誌は、ひとつもなかった。

深夜二時、書斎で一人苛立っている鰆野である。

書評が気になって眠れないのだ。新聞の文化面、小説誌の書評欄、一般雑誌の新刊紹介ページ。そういった記事が気になって仕方がない。自分の著作が取り上げられていないか、それればかりチェックしている。

鯖野の出す本自体はちゃんと売れている。読者の評判も悪くないはずだ。一定数の固定ファンもついており、本を買ってくれる。その証拠に、新刊には大抵重版がかかる。ネットなどでも、一般読者が誉めてくれる。『鯖野さんの新刊、面白かったー』『鯖野先生の本は安定して楽しめるから好き』『鯖野作品のクオリティの高さは折り紙付き』読者の評価は上々である。

しかし、書評が出ない。

新聞、小説誌、一般雑誌、そうした商業的な紙誌の書評欄に鯖野の本が取り上げられることは、ついぞない。プロの評論家や書評家からは黙殺されているのが現状なのだ。

どうやら鯖野の作品は、いわゆる〝評論映え〟しないものらしい。そう自己分析している。プロの評論家とて人の子だ。できることならカッコいい書評を書きたいと思うのが人情だろう。そのためには高尚なテーマがあったり、高度な技巧で書かれた作品だったり、社会問題に鋭くメスを入れた本を俎上に載せるのが早道である。真面目な作品を取り上げれば、それだけで書評の格調も上がる。

その点、俺の書くものはユーモア味が濃すぎるのだ。というのが鰆野の読みである。判りやすいエンターテインメントに徹しているので、どうしても作品の雰囲気が軽くなりがちだ。そうした軽めの小説を書評で取り上げても、そこには風格が出ない。重厚な書評にならず、評論家自身も軽佻《けいちょう》な人格と見なされる危険がある。それを恐れて、書評で取り上げてくれないのだ、多分。その結果、書評欄に載るのはいつもシリアスな作風の同業者ばかりということになる。

作品の面白さでは引けを取らないはずなのだ。読者も喜んでくれている。売り上げもいい。それなのに俺の本は書評に書かれない。不公平じゃないか。と鰆野は思う。どうして俺だけ、と考えると悔しくて夜も寝られない。俺だってプロの書評家に認められたい。専門家に誉めてほしい。新聞や雑誌の書評欄に載りたいのだ。でも、どこも取り上げてくれない。なんで俺だけこんな扱いなんだ。くそっ、俺もプロに誉められたいのに。

そう歯ぎしりをしている時、仕事机の上に置いた資料用の本の一冊が、ひとりでに動いた。表紙がぱたりと、静かに開いたのだ。手も触れていないのに。

驚いて息を呑んだ鰆野の眼前で、開いた本からぼわんと白い煙が立ちのぼった。濃密で深い、固体みたいな煙だった。

何事かと目を丸くする鰆野だったが、煙はすぐに消え去った。ブラックホールに集約するみたいに、空中の一点に吸い込まれて消えてしまったのだ。瞬く間のできごとだった。

驚くべきなのは煙の出現と消失ではない。煙がなくなったその後に、不気味な生物が立っていたことの方が一大事であった。生物？　いや、これは生物なのか？　鯖野は思わず首を傾げる。

大きさなどから、一見、黒猫のようにも見える。しかし猫とはほど遠いフォルムで、どちらかというと人間に近い形で直立していた。まっ黒な体毛と、背中にはコウモリみたいな羽根。細長い尻尾の先がスペードの形をしている。姿形が幾分似ているのに黒猫と印象がまるっきり違って見えるのは、まったくかわいげがなく、むしろ禍々《まがまが》しい不吉なオーラを醸し出しているせいだろう。さらにその顔は醜い猿のようで、耳が異様に大きく尖っている。腕や手も猿を思わせる形で、指先には鋭い爪が生えていた。牙の目立つ口元に、にやにやといやらしい笑みを浮かべている。この世のものとは思えない存在だった。

「オレは本の悪魔。本に携わる人間の願いを聞き入れるのが役目だ」

不気味な存在は、軋むような耳障りな声で名乗った。

なるほど、悪魔か。確かに見る限りではそうとしか思えない。とするとこれは、この世ならざる別の次元の生き物なのだろう。鯖野がそうすんなり得心できたのは、猿のような目が赤く光って催眠念波でも発しているせいなのかもしれない。とにかく、その存在だけはあっさりと受け入れることができた。

「お前は作家だろう。望みを叶えてやる。何がほしい？」

悪魔は、軋むようなキイキイした声で尋ねてくる。口元は野卑なにやにや笑いで歪んでいた。

「何でも叶うのか」

赤い目の妖しい光に釣り込まれて、鯖野は質問した。

「ああ、どんな望みでも思うがままだ。ただし、本に関する願いだけだぞ。オレは本の悪魔だからな」

「なるほど、本に関することだけか」

「才能がほしいか？　素晴らしい小説をいくらでも書ける才能を与えてやろうか。それとも金か？　本が飛ぶように売れて、巨万の富が手に入るようにしてやろうか」

「いや、そんなものは要らない。才能だってある、自信はあるんだ」

と、鯖野は首を振った。

「それに売れるのも結構だけど、身の丈に合わない大金を手に入れても、多分ろくなことにならないだろうからな。今の稼ぎで俺には充分だ。だから大金も遠慮しておくよ」

「なかなか堅実な男だ、ではお前の望みは何だ？」

「俺がほしいのは評価だ。プロの評論家に認められたい、誉められたい。書評があちこちに載るようになって、万人に認められたいんだ」

鯖野は素直に心情を吐露していた。恥も外聞も忘れていた。やはり悪魔の赤い目の光には、こちらの精神を操る妖しい力があるようだ。

「判った、評価だな。それくらいのことはたやすい望みだ」

にやにや笑いながら、悪魔は云う。

「これからお前の書く小説は、すべて高く評価されるだろう。書評もたくさん出るぞ」

「本当か」

「悪魔の契約に嘘はない」

「そうか、そいつは頼もしい、頼んだぞ」

「ああ、来月からの文芸誌や新聞の書評欄を楽しみにしておくといい」

にやにやと品のない笑い方で悪魔が云うやいなや、再び煙が立ちのぼった。白く濃い煙が悪魔の身体を包み込む。かと思ったら次の瞬間、煙は空中の一点に吸い込まれ、嘘のように立ち消えていた。同時に、悪魔の姿もなくなっている。黒猫のようでも猿のようでもあるその姿は、完全に消失していた。

幻でも視たのか、と鯖野は狐につままれたような思いだった。

しかし、一ヶ月後。

あの悪魔が幻覚でも夢でもないことを鯖野は思い知らされることになった。

書評が出ているのだ。それも、ふんだんに。

新聞の文化面、小説誌の書評欄、一般雑誌の新刊紹介のページ。すべてに鯖野が先月出した本が取り上げられていた。書影付きで、こぞって誉めている。『エンターテインメント性は抜群、鯖野急作氏の新刊は瞠目すべき傑作』『面白い！　とにかく一読することをおススメする』『最高級の楽しさ。鯖野急作の新刊は読書の喜びをこの上なく堪能させてくれる』等々。

おお、載ってる載ってる。と、鯖野は仰天すると同時に、大いに気をよくした。どの記事も手放しで賛辞を送ってくれている。これまでの鬱屈がきれいさっぱり晴れて、清々しい気分になる。プロの評論家の誉め言葉がこれほど嬉しいとは知らなかった。感激して、何度も読み返した。ああ、いい気持ちだ。

そして、その気分はずっと続くのだった。

本を出すたびに、書評で取り上げられるのだ。それも、最大限の持ち上げ方で。

新聞、文芸誌、雑誌、テレビ、ネットの書評。ありとあらゆる媒体で鯖野の著作は誉めそやされた。有名な評論家達は競うようにしてＳＮＳ上に長文をアップし、鯖野急作の新刊の面白さについて語り尽くした。

評価は高く、結果、本の売り上げも伸びた。次々と重版を繰り返し、それがまた誉められる。好循環のサイクルに入っていた。

各社の担当編集者は口々に、

「いやあ、素晴らしい売れ行きですよ、鯖野先生はいつか大化けすると思っていたんです。こちらの期待に応えて、一皮も二皮も剝けてくれましたねえ。ありがたい限りです。次の新刊も、くれぐれもよろしくお願いいたします」

と、恵比寿顔で揉み手してくるのだった。

鯖野はますます気をよくし、仕事にも熱が入った。誉められればやり甲斐も出て、もっと面白い作品を書いてやろうと頑張れる。仕事が楽しい。

原稿依頼もどっと増えた。それに応じて次々と力作を物し、どの作品も大絶賛をもって迎えられた。書評での高評価がベストセラーに繫がり、ますます多忙になった。誉めちぎる言葉が、目に耳に心地いい。鯖野は執筆に集中することができた。余計な苛立ちがなくなったお陰で、筆が乗りに乗っていた。

そう、これが本来の姿だ。鯖野はそう思う。これがあるべき形なのだ。俺の本は面白い。面白いから書評で誉められる。そして売り上げもアップする。専門家達も認めてくれ、揃って誉めてくれる。これでいいのだ。

仕事は絶好調。

しかし、それだけ多忙を極めると、躓《つまず》くこともある。あまり自信のない作品を出版してしまったのだ。忙しさの中、連載のスタートに間に合わせるために、プロットをきちんと練る前に見切り発車してしまった長編だった。構成がコントロールできずに、途中での軌道修正にも失敗した。かといって、もう誌上に発表した分は書き直すことも不可能。物語が失速したまま、こんがらがってしまう。そのせいで着地もうまく決まらなかった。〆切りに追われるままに書き飛ばしてしまったのが敗因だった。我ながら駄作だ。これでは頭から書き直さない限り、出版はできないだろう。鰆野はそう思ったが、版元が許してくれなかった。ちまちまと手直ししている暇はない、連載最終回の勢いに乗って刊行してしまいたい、というのが出版社の意向だった。

「大丈夫です。このままで出しても問題ありませんって。だって鰆野先生、お忙しいでしょう。書き直しなんて、いつ出来上がるか判らないじゃないですか。鰆野先生の新刊ならば、出しさえすれば売れるんですから。もう少しベストセラー作家としての自覚を持ってくださいよ。とにかく、すぐに刊行させてください。もう予告も出しちゃってるんですから、今さら読者や書店さんに待ってくれというわけにはいかないんです。お願いです。鰆野先生の新刊が出せなかったりしたら、我が社のメンツが丸潰れになってしまうんです。どうか助けると思って、お願いします」

懇願されて、得心のいかぬままそれを本にしてしまった。明らかな失敗作だと判っていたけれど、不本意ながら鮪野は折れた。あまり気持ちのいいものではなかった。

ところが、その本もあちこちの書評で取り上げられて激賞された。書評子はこぞって書く。『鮪野文学の最高峰にして世紀の大傑作。本邦文学界を揺るがす極上のエンタメ作品が刊行された。小説史上に燦然《さんぜん》と輝く巨編。刮目《かつもく》して読むべし！』

はて、あの程度の作品でも誉めてもらえるのか。鮪野は首を傾げてしまう。どう贔屓目に見ても、あれは駄作だ。失敗作だ。だのにどの評論家も書評家も、口を極めて大絶賛している。

これは変だ。

明らかにおかしい。

異常事態である。

異常といえば、と鮪野はあの夜の幻のごとき悪魔との契約を、ふと思い出した。「これからお前の書く小説は、すべて高く評価されるだろう」悪魔はそう云っていた。

そうか、これが悪魔の力なのかもしれない。鮪野はそう思い当たった。そこで試しに、思い切った手段に出た。こんな小説を書いたのだ。
『ぼくわ、あさ、おきました
おきてすぐに、かおおあらいました
そのあとで、あさごはんおたべました
あさごはんわ、おいしかたです
おてんきがいいです
おてんきがいいので、おさんぽにいきました
おさんぽおしました
あるくのがおさんぽです
ぼくわあるきました
とちゆうのみちで、ねこちやんがいました
ねこちやんはかわひいです
ぼくわねこちやんおよびました
ねこちやんやねこちやんやといいました
ねこちやんわにやあといいました
かわいかたです

ねこちゃんおよんでも、きませんでした
ねこちゃんわやねにのぼてしまいました
ねこちゃんわどこかにいてしまいました
ねこちゃんわみえなくなりました
ぼくわざんねんでした
おさんぽおつづけました
あるくのがおさんぽです
ぼくわあるきました
かわがありました
はしおわたりました
とちゆうでかわおみました
はしのしたにかわがながれていました
みずがたくさんありました
たかいところでした
たかいところからみずおたくさんみました
かわのよこにわおはながさいていました

ちいさなおはながさいていました
きいろいおはながさいていました
きれいなおはながさいていました
はしのうえわかぜがふきました
はしのうえのかぜわつよかたです
つよいかぜがふきました――』
さすがにボツを喰らうだろうと思っていたが、驚くべきことに編集者は何も云わなかった。
それどころか、いつものように恵比寿顔で、
「いいですねえ、さすがは鰆野先生です。本にするのが楽しみですよ」
と、喜んでいる始末である。そしてなんと、こんなふざけた文章が本になってしまった。
編集部の誰も止めなかったのだ。未就学児童向け絵本のように、下半分がまっ白な一冊が完成した。
そして、これも激賞された。
書評が新聞に、文芸誌に、サイトに次々と出る。
『鰆野急作氏の最新刊は敢えて精神の退行という困難な手法を取り入れ日常を詳細に綴ることで人間の心中奥深くに潜む幼児性と対峙することにより、純粋無垢な魂を掬《すく》い上げること

でのみ成し遂げ得る純真な人間性の発露を抽出することに成功した野心作である。謂わば精神の漂泊性という文学的試みを極限まで追求することで現実を全て無効化し、意味と目的を平均化するという非常に高度な地平に降り立つという実験をも成功させている驚くべき成果と言う他は無い。特に大河を見下ろす主人公の静謐《せいひつ》な視点は深淵を覗き込む者のメタファーであり漠然とした不安感に囚われがちな現代人への警鐘とも言うべき美しい比喩性をもって読む者の心に訴えかける圧巻の描写である。野辺の小さな花に向けられた救いを求める如き眼差しはささやかな希望に縋り付かずにはいられぬ人類への皮相的なアイロニーに満ちており読者を破顔させる。さざ波一つ立たぬ静謐な湖の水面を思わせる静かな共感を呼び起こす大傑作と言えるだろう』
おい、これは絶対に変だぞ。と鰆野は思う。これを誉めるのなら、もう何でもありじゃないか。そう思い鰆野は、次の作品でも実験してみた。
『水銀柱の楽隊の夭逝と神経系の滅殺回路は更新する不退転の神秘主義に於いて恣意的な俸禄が顕著であり根底が虚無と蓋然性を揺るがぬ限定と凡庸は梵鐘の理と謂えども澄み絶えたる物質間情念の条理と怠惰と奔放を譜面に不立文字と記号の大喪失に拘泥せぬ進捗を概算する許諾の真菌を安寧し得ぬ怠惰な奔流と虚勢を神典が蒙昧なる幻夢に焼き焦がれる震撼する誓詞を都度都度この界隈に附言せし転成と天真と点頭を累累に外殻のみ親授せし熱意の剰員

が迂遠な閉院を代替に淑徳せし端本に水際立つ庚申を微震に歪んだ償いの駐箚を当たるも八卦当たらぬも八卦と叙にして冠する美学的根拠を盲信する叙上に錯覚し喜来する久遠と流れ仮名も上納にて石槨を燈籠し得ぬ智慧を歪曲する後塵を拝する傳院の饗する処に補講を薬罐と見埜蜆と意義と意味と異相の卒塔婆を庫裏して埋もれる概算に尽き攻め如律令を修験の鷹揚を屯田し白金の夜明けを泥濘すべき混濁の韜晦と倒壊と倒潰の抱腹絶倒せし流転に坩堝の彼方に根拠を幾星霜と混線し臥薪嘗胆の遙かに付随すべき虚勢を完膚と謳歌せしめる釈然と寸毫も違わぬ電磁誅殺の限りを尽くして悠久無限の相殺を滅私せんと槍術と階梯に投影し塵芥に震央す煌煌と頸木の逃れ得ぬ暴露を浮流し錯綜する桃岳の完全無欠に放蕩を混沌と肝胆の訪島し法統の伝承と滑翔と陸蒸気に紡ぎ深黒な圧迫と浸出を孵化する者を根本に真言し密閉し秀抜の託院を廃する絶景に辛勝し配給する稗史を恬淡と厳戒に背任し浮流の不慮を害し紋路の好事に竜頭蛇尾を尽くせば償還せし情感に参集と完遂を畏敬の憤怒を膠着せし問答にここを先途と倦怠に凍傷すべし排撃に別儀と待つ謂われ無き姿を辟易す租界を即身仏と滅されて稲荷を乞う者也』
まるで辞書編纂《へんさん》者の寝言である。しかしこれも本になり、書評が出る。大賛辞が贈られる。
『言語の多様な可能性を極限まで突き詰めた鯖野急作の新刊は、目くるめく色彩感覚と堅固な構成で読者の脳髄を芯から揺さぶるような真の読書体験へと誘《いざな》う意欲作である。幽玄にして果敢な文学への真摯な挑戦はともすれば表現上で平板になりがちな現代文学へのアンチテーゼと受け取ることもでき、そこに著者のシニカルな視点が垣間見えるのが痛快無比であり、文学本来の姿はこうであらねばならぬという熱い意気込みが文字の多彩化によってダイレクトに伝わって来る現代の読書人必携の書に成り得ている。常に最先端を走り続ける鯖野急作の現在の最高到達点であり最大の傑作と言えよう。これを読まずして現代文学を語ることは許されざる愚行と言う他はなく、数年の内におよそ文学を志す者の必須教養となることは間違いないだろう』

次々と書評が載り、激賞され、ベストセラーになった。書店の棚から読者は争うようにこの本を取り、誰もが感動の感想をネット上で熱く語った。

いや、いくら何でもこれはおかしいだろう。なぜこんなものが売れる？　どうして読者にまで受け入れられる？　これもあの悪魔の力の現れ方のひとつなのか。

ヤケになった鯖野は、さらに実験を試みる。

『南無仏、弥陀仏、南無阿弥陀、南無阿弥陀仏、南弥陀仏、阿弥陀、南弥陀仏、南無阿弥陀仏、南無弥陀仏、南無仏、南無阿弥、阿弥陀仏、南無弥陀、南無阿陀仏、弥陀仏、無阿弥仏、南阿弥、南無阿陀仏、無阿仏、南無阿弥、無阿仏、南無阿、南無阿弥仏、南無阿弥陀仏、阿弥陀仏、無阿弥陀、南阿仏、南弥陀仏、南無阿弥陀、阿弥陀仏、南阿弥仏、南弥陀仏、阿弥陀仏、南無阿弥、南無阿弥陀仏、無阿弥仏、無阿弥陀、南無弥陀、阿弥陀仏、南阿弥陀、阿弥仏、弥陀、南無阿仏、南無弥陀仏、南阿弥陀、南阿弥仏、南無、南無阿、南無阿陀仏、南無阿弥陀仏、阿弥陀、弥陀、無阿弥陀仏、南阿弥、無阿弥陀、無阿弥陀仏、阿弥陀、南阿弥仏、阿弥陀仏、南無阿弥、南無阿弥仏、無阿弥陀仏、陀仏、南阿弥陀、無阿弥陀仏、南無、南仏、南無阿弥仏、南陀仏、南無阿弥陀、南無弥陀、南無仏、南無阿弥、南無仏、阿弥陀仏、南無仏、南無阿弥陀、阿弥陀仏、無阿弥陀、弥陀仏、南無阿弥陀、南無阿弥陀、南弥陀仏、南無阿仏、南無阿弥陀、阿弥陀仏、南仏、南無仏、南無仏、南無阿弥陀仏、南弥陀仏、南無阿弥陀、南無仏、無阿弥仏、南無阿弥陀、阿弥陀仏、無阿弥陀仏、無阿陀仏、南無阿陀仏、南無阿弥、無阿弥仏、阿弥陀、弥陀仏、南無弥陀仏、南弥陀仏、南無仏、南無陀仏、無陀仏、南無阿弥陀、南無阿弥陀仏』
本になり、バカ売れした。書評も競うようにベタ誉めした。
書評に曰《いわ》く、
『現代文学の巨人鰆野急作氏の文学性が更なる高次元の地平へと降り立つ。この世の無常という虚無感と喪失感を経典の形を借りて透明に描き切った快作にして傑作。現代の文明人なら万人が抱え得る不安焦燥隔靴《かっか》掻痒《そうよう》を仏の教えに寄り添うことで浄化しようと謂わば魂の救済を求めて絶望の淵に沈みつつも抗《あらが》いのたうち回る筆者の悲痛な叫びが叩きつけるが如く情感をもって表現された正に現代の奇跡と呼んでも過言ではない程の文学性の高みに作者は到達していると思われる。読書子も必ずやこの書によって鮪野急作氏の哀切とも言える孤独感と悲愴感に共感し同時に魂の平安と心の安らぎを得ることになるだろう』

これも売れた。

誰もが認め、誉めた。

鮪野としては愕然とするしかない。

何を書いても高評価を受けるというのはこういうことなのか。

悪魔との契約の恐ろしさを思い知った。

本当に、何を書いてもいいのだ。

どんなものを書いても絶賛され、何をやっても激賞される。良作だろうが駄作だろうがそんなことは関係ない。もはや、小説である必要すらないのだ。そこに文字が印刷されていれば構わない。悪魔の力のなんと恐ろしいことか。いや、これは力などではない。呪いだ。完全に呪われている。

何を書いても書評に取り上げられ誉めちぎられベストセラーになる。小説の体を成していなくても、文字でさえあればどんなものでもだ。こんなことではやり甲斐も何もあったものではない。ただただバカバカしいばかりである。

あまりの虚しさに絶望して、鰆野は筆を折ってしまった。

断筆を宣言した短い文章をネットにアップした。読者へのせめてもの礼儀だと思ったからだ。そして鰆野はそのまま沈黙した。

その短文に対して各紙誌は次々と書評を発表した。

『断筆宣言した鰆野急作氏の文章はさながら一篇の詩の如く我々の魂を大きく打ち震わせる感動的なものでありその完成された文体は美しい楽の音を聞くように滑らかで白鳥の歌として相応《ふさわ》しい優雅さと優美さを兼ね備えた美文である。かように可能性と先見性に満ちた一人の文学者による突然の断筆はその文学的挑戦が志半ばにして途切れてしまうという恐怖と寄る辺を無くした幼な子の如き心細さを読書界に与えるものであり、かくも流麗なる文章の達人にして心を揺さぶる偉大な文学の到達者が更なる最上級の天上の高みへの路を踏破することなく自ら筆を折るのは本邦文学界の多大な損失と言わざるを得ない事態にして返す返すも残念至極であり、斯《か》くなる上は偉大なる鰆野急作氏の一日も早い復帰と最高峰の文学への挑戦の再開を心から望むばかりである』

CASE・3

「お疲れさん、お先に。コマちゃんもあんまり無理しないで、適当に切り上げなよ」

編集部の先輩社員が、そう声をかけてデスクの前を通りすぎて行った。

「あ、お疲れさまです」

と、狛江駒子《こまえこまこ》は、その後ろ姿に挨拶を返した。

先輩が部屋を退出すると、編集部は狛江一人になった。

壁の時計は午後十一時過ぎを示している。

同じフロアを共有している事業部と宣伝部の人達も、とうに帰ってしまっている。そちらのスペースは電灯すら消えていた。

編集部の狛江のいるところだけに、ぽつりと、離れ小島のごとく灯りがともっている。ガランとしたフロアは静かだった。また終電だろうか、と狛江は覚悟を決めた。

狛江の勤める光学館は大手出版社である。そこで狛江は中間小説誌『月刊光学文学』の編集に携わっていた。ここに配属されて四年目。若い女性だからといって特別扱いされることもなく、良くも悪くも平等な職場環境だった。大抵のことは気合いと根性で何とかする、というのが基本方針の、一種体育会系の雰囲気を狛江は割と気に入っていた。

さて、『月刊光学文学』は〆切りを三日後に控えていた。他の編集部員は、もちろん帰った者もいるけれど、中には原稿をせっつきに作家の仕事場に詰めている者や、〆切りをクリアした呑んべの作家に付き合って銀座辺りに繰り出している者もいるはずだ。

狛江は社で待機中。今夜辺り、そろそろ来るのではないかという予感があった。自分のデスクで、ゲラのチェックをしながら待っている。その狛江の席の背後には、ファックスの機械がどでんと鎮座していた。

古い機械である。今や骨董品といってもいいシロモノで、ファックス機能しか付いていない古めかしい機器だ。こんなオンボロをどうしていつまでも置いておくのか、と他の部署の人には訝《いぶか》しがられることもあるのだが、しかしこれは必要なものなのだ。

その旧型の機械が、ジジッとかすかな音を立てた。これはこの骨董品の癖のようなもので、起動する直前にこのように鳴るのである。森閑と静まり返った夜の編集部でしか、その音は聞くことができない。ただ、こんな静かすぎる時には、その音はやけに響いて聞こえるのだ。

起動音から一拍おいて、紙がプリントされる音が、今度は大きくはっきり響いてきた。

ジーッコッ。

ジーッコッ。

ジーッコッ。

ジーッコッ。

狛江は数えるともなく、機械が動く音を頭の中でカウントしていた。古い機械なので一枚をプリントするのにやたらと時間がかかるのはご愛敬である。その印字する音は、合計四回だった。

そこでぴたりと、機械が止まった。

ファックス機はもう動く気配がない。

狛江は椅子を回転させて立ち上がると、その機械に近づいた。紙が排出されたプラスチック製のトレイ部分を見る。四枚の紙が、そこに載っていた。

（今日もたった四枚か――）

と、狛江は胸の内でため息をついた。

ファックスで送られてきたのは原稿である。超の字がつくほどの売れっ子ベテラン作家、徳俵《とくだわら》兵庫《ひょうご》先生の玉稿だ。しかも今時、原稿用紙に手書きの原稿。徳俵先生は七十すぎの大御所で、今では珍しい手書き派なのである。四百字詰めの特注の原稿用紙に、万年筆を走らせて執筆する。昔の文士のようであり、多分このやり方を取る最後の世代なのだろう。

狛江は早速、原稿に目を通した。少し右上がりに文字を書く癖があるが、徳俵先生は達筆だ。流れるような文字列も、慣れれば読みやすい。

緊張感のある緊密な文章で、先月の続きが書かれていた。流麗な文体で、相変わらずの迫力である。しかし、悲しいかなたったの四枚。すぐに読み終えてしまう。四枚目の最終行に

〝以下次号〟と徳俵先生の文字が躍っていた。

物足りない。狛江はそう思う。高級チョコレートをほんのひと欠片《かけら》、口に放り込まれたみたいな気分である。もっとごってりと味わいたい。続きを読みたい。

(でも、たった四枚だ――)

と、また、ため息をついてしまう。今月号も『月刊光学文学』の巻末にちょろっと載っておしまいだ。続きはまた来月である。

(物足りない――)

狛江が徳俵先生の担当になって四年。二年前に、連載を勝ち取った時には天にも昇る心持ちだった。学生時代から徳俵先生の小説のファンだったのだ。出版社に入り、徳俵先生の本を手がけるのが夢だった。『月刊光学文学』の編集部に入ってからすぐに、先生にコンタクトを取った。人気作家で多忙な先生にとっては、入社したての小娘の編集者など取るに足らない相手だったのだろう。何度も笑ってあしらわれた。しかし、しつこく食い下がり続け、熱心に原稿依頼を続けた。その熱意が伝わったようで、ようやく連載をもらえることになったのだ。それまでに二年かかった。

新連載の構想を聞かされてしびれた。冒険活劇超スペクタクル歴史巨編だった。陸軍特殊機関に所属する主人公が大戦中の世界を股にかけて、戦争終結のために活躍する壮大な物語だった。主人公は本国有利に大戦を終わらせるべく、上海、ドイツ、満州、東ヨーロッパと各地で暗躍する。スケールの大きなストーリーだ。陰謀と裏切り、謀略とアクション、冴え渡る頭脳戦、権謀術数と国家機密。徳俵先生の口から滾々《こんこん》と語られるプロットを聞いただけで、わくわくした狛江だった。徳俵先生の七十代の代表作になるだろう。それを担当できるとは、何という幸運。狛江は有頂天になった。

ところが、いざ連載が始まると、狛江は現実の厳しさに直面した。

少ないのだ。もらえる原稿が。徳俵先生は売れっ子なので、他誌でもたくさん連載を抱えている。先生が毎日原稿執筆に追い回されていることは、その活躍ぶりから充分に伝わってきている。各出版社で、先生の原稿の争奪戦が繰り広げられているのだ。ただそのせいで、こっちに回ってくるのは大抵月に四枚。それで終わりだ。ストーリーはほとんど進んでいない。いつもちょっぴりで〝以下次号〟である。主人公はまだ日本を出国すらしていない。とても、もどかしい。それでも内容は素晴らしい。抜群の面白さだ。それだけに狛江は、余計に悔しい思いを嚙み締める。早くこれを本にしたい。一冊にまとめて読者に届けたい。まだほんの導入部だが、切実にそう思うのだ。自然と引き込まれる物語性の高さ、香気と格調があり、それでいて読みやすい文体。大戦中のぴりぴりした空気感が、文章を通じてひしひしと伝わってくる。これは絶対に面白くなる。編集者としての経験はまだ浅いものの、狛江には確信できた。本好きの本能がそう告げるのだ。傑作の誕生の瞬間に今、自分は立ち会っている。そう考えると高揚する。ただし、いつも四枚ほどで〝以下次号〟ではあるけれど。

この骨董品のファックス専用機で、毎月ぺろりと四枚の原稿が送られてきて、それで終わりなのだ。つい、古い機械を恨みがましい目で睨んでしまう狛江であった。まあ、機械に八つ当たりしても意味がないが、これが徳俵先生の専用機といってもいい物だから、そうなる気分も仕方がないだろう。他の作家先生がたは、もうファックスなど使わない。原稿はデータ入稿だし、大抵のことはメールの添付画像でこと足りる。表紙絵のラフ案、作中の図版、本の大まかなデザインなど、図が必要な際はメールでやり取りができる。たまにファックスを使う人がいても、カラープリンタと複合式になった新しい番号の方に送ってくる。徳俵先生だけは昔気質《むかしかたぎ》の作家だからか、以前からのスタイルを崩そうとしない。古くから使っているファックス専用機を愛用しているのだ。だからこの骨董品みたいな機械は、今や徳俵先生の手書き原稿を受け取るためだけに、ここに置いてあるわけなのである。

そんなことはともかく、問題は四枚の原稿だ。毎月、たったの四枚。多い月でも五枚である。

狛江は四枚の紙をデスクにそっと置き、力なく椅子に腰をおろした。何だか脱力してしまう。売れっ子とはいえ、徳俵先生にはもう少し書いてほしいと思う。せめて二十枚、いや十枚でもいい。毎号毎号、雑誌の巻末に申し訳程度に二ページほどしか掲載できないのは悲しすぎる。それに、早く続きを読みたい。編集者としても一読者としても、心からそう思う狛江だった。

と、デスクに積んであった本の山が、なぜだか突然崩れた。そのうちの一冊が開いて止まった。手も触れていないのにどうして崩れた？　と狛江が疑問に思う間もなく、開いた本のページからぼわんとまっ白な煙が立ちのぼった。何、火事？　一瞬焦ったけれど、煙は大きく広がることもなく、すぐに空中の一点に吸収されるみたいにしてかき消えてしまった。

その煙の消えた後の空間に、驚くべきことに奇妙極まりない生き物が立っていた。

全体的に黒猫を思わせる姿だが、それは人のように直立していた。顔は醜い猿みたいだ。おぞましい顔つきで、尖った耳に鋭い牙。背中にはコウモリのような翼が生えている。この世のものとは思われない、不気味で不快な生物だ。口元にはにやにやと下卑た笑いを浮かべ、その赤く光る瞳を見ていると、まるで催眠術にかかったみたいにふわふわした心持ちになってくる。

黒猫のようにまっ黒で猿の顔をした生き物は、その赤い目をこちらに向けて云った。

「オレは本の悪魔。お前の願いを叶えてやろう」

軋むみたいな耳障りな声だった。

気味悪く思いながらも、狛江は納得していた。なるほど、確かに悪魔にしか見えない。催眠術の効果なのか、なぜだかそうすんなり信じることができた。

「云ってみろ、お前の望みは何だ」

悪魔が尋ねてくる。狛江はおずおずと、

「何でもいいの？」

「もちろんだ。ただし、本に関する願いだけだ、オレは本の悪魔だからな。当然、お前の仕事についての望みでもいい。原稿のことかな」

品性に欠けるにやにや笑いで、悪魔は云った。

「判ってて出てきたんでしょ。私がため息ついてるのを見て」

「そうかもな。じゃ云う。だが一応、願いを言葉に出して云え。それが契約の証となる」

「判った。徳俵先生の原稿がもっとほしい、四枚ぽっちじゃなくて、もっともっと。それで早く完結が見たい、本にしたい、出版したい。これが私の望み。どう、これでいいんでしょう」

半ばヤケになりながら狛江は云った。口に出してしまって、すっきりした。

「ああ、それでいい、よく云った。これでお前の願いは叶う」

悪魔も満足そうに、にやにやしながら云う。狛江は訝しんで、

「本当に叶うの？」

「もちろんだ、必ず叶えてやる。悪魔との契約に嘘はない」

少しおかしなイントネーションで、それでも悪魔は断言した。

「すぐに叶う。待っていろ。すぐにだ」

そう云うやいなや、また白い煙がどこからともなく立ちのぼった。濃密そうな煙の中に悪魔の姿が隠れたかと思うと、次の瞬間に煙は、宙の一点に吸収されるみたいに消えていった。

そして煙が晴れると、悪魔もその姿を消していた。

それを見て、狛江は大きく息をついた。

超常的な存在との会話で、いささか緊張していた。

一方、頭の中の冷静な部分では、今のは何だったのだろう、とも思う。幻覚？　疲れているのか、私は。

まあいい、後は明日にしよう。

四枚の原稿をデスクの引き出しにしまうと、鍵をかけた。

編集部の灯りを消して、狛江はそのまま帰路についた。

そして、翌日の夜のこと。

狛江はまた一人、夜の編集部に居残っていた。

担当しているのは徳俵先生一人というわけではないのだ。他の作家も〆切りの間際に原稿を上げてくる。昼間、連載作家から立て続けに二件、メールで原稿が届いた。テキストを開きプリントアウトしたその原稿を、狛江はデスクでチェックしていた。

夜の十一時半を回っていた。

(今夜も終電だな)

と、狛江は思う。まあ、〆切り前と校了直前はいつもそんなものである。

静かなオフィスに、狛江自身が紙をめくる音だけが、時折響いた。

その時。

ジジッ。

背後で、かすかな音が鳴った。

狛江は反射的に鉛筆を持つ手を止めた。

今の音は、ファックスの起動音だ。徳俵先生の原稿受信専用ファックス機。しかし今月分の原稿は昨夜受け取った。どういうことだろうか、と思いながら振り向くと、機械が動き出すところだった。

ジーッコッ。

ジーッコッ。

ジーッコッ。

ジーッコッ。

紙を受けるトレイ部分に、原稿が吐き出されていく。

立って行って見ると、溜まっているのは間違いなく徳俵先生の見慣れた文字の原稿である。

ジーッコッ。

ジーッコッ。

ジーッコッ。

ジーッコッ。

ジーッコッ。

原稿は次々と出てくる。息を詰めて、狛江はその様を見守った。

ジーッコッ。

ジーッコッ。

ジーッコッ。

ジーッコッ。

ジーッコッ。

原稿が出てくる。止まらない。何だ、なんなんだこれは。こんなにたくさん、どうしちゃったの。いつもは四枚で終わるはずなのに。

ジーッコッ。

ジーッコッ。

ジーッコッ。

ジーッコッ。

ジーッコッ。

ジーッコッ。

それからも延々と出てきた原稿は、やがて唐突に止まった。しばし呆然とした後、はっと我に返って狛江は原稿を手に取った。やはり間違いない。この右上がりになる癖の達筆。特注の原稿用紙。見覚えのある徳俵先生の原稿だ。そして、昨夜の続きだった。それが紙束といっていいほどの分量、ずっしりとある。こんなことは初めてだ。びっくりしながら数えると、原稿は七十五枚あった。ちょっとした短編小説より多い。

どうしてこんなに——？

昨夜の、あの気味の悪い姿の悪魔のことを思い出した。まさか本当に望みが叶ったの？

ただ、驚くしかない。

しかし、いつまでも仰天してばかりはいられない。狛江はデスクに向かって座り直し、原稿を読み始めた。

気付けば、夢中で読み耽っていた。面白い。本当に面白い。作中では主人公が上海の魔窟に潜入していた。そこで中国マフィアのボスと対峙する。味方のはずの帝国海軍の諜報士官が横槍を入れてくる。見え隠れするドイツのスパイの影。マフィアの子分どもとの肉弾戦。息詰まるような展開。無駄のない描写に引き締まった文体。物語のダイナミズムとサスペンス性。緊迫感のあるストーリーに、思わず引き込まれてしまう。超一級のエンターテインメント作品だ。小説の楽しさが、ぎゅっと凝縮されたような原稿だった。そして、主人公が上海マフィアのアジトを爆破して辛くも脱出するところで――〝以下次号〟の文字が書いてあった。

読了して、吐息が出るほど満喫した。

面白かった――。

そして早くも、続きが気になり読みたくなってくる。〝以下次号〟の文字が非情なもののように感じる。だけど、今月はここまでだろう。狛江はデスクの引き出しに、原稿を厳重に保管した。

さらに次の夜、狛江はまた一人、編集部で待機していた。

もしかしたら、という期待と、さすがにもう無理だろうという相反する思いがあった。昼間、何度か徳俵先生に電話をしてみたのだが、先生は捕まらなかった。コール音が虚しく響くのみ。留守電設定にもしていないようで、連絡はつかなかった。それで、何となく今夜も待機している狛江なのだった。しかし昨夜、七十五枚も送ってきたのだ。これ以上望むのはやはり贅沢というものだろう。

他の作家の原稿に目を通しながら、夜が更けるのを待つ。

そして、壁の時計が十一時半を回った頃、ジジッ、と背後の機械が鳴った。ファックスの起動音だ。

来た。

狛江は思わず身構えた。椅子を半回転させて、旧型のファックス専用機を見守る。

ジーッコッ。

ジーッコッ。

ジーッコッ。

ジーッコッ。

深夜の静かなオフィスに、ファックスの音だけが響いた。息を詰めて、狛江はそれを見つめていた。

ジーッコッ。

ジーッコッ。

ジーッコッ。

ジーッコッ。

ジーッコッ。

原稿が出てくる。次々と印字されていく。止まらない。今夜も止まらない。

ジーッコッ。

ジーッコッ。

ジーッコッ。

ジーッコッ。

ジーッコッ。

ジーッコッ。

ジーッコッ。

ジーッコッ。

ようやくそれが止まった時、昨夜と同様に紙の束ができていた。数えてみると八十九枚あった。多い。重さで取り落としてしまいそうになるほどの原稿。たっぷりとある。

すぐに狛江は読み始めた。

主人公は上海マフィアから奪った機密情報を手に、単身ドイツへ飛んでいた。ナチス政権下のベルリンへ同盟国の外交官付き下級秘書官と身分を偽り潜入に成功、しかし早期の停戦工作はドイツへの裏切りを意味する。そこでドイツ情報将校との丁々発止《ちようちようはつし》の頭脳戦を繰り広げ、ヒトラーユーゲント直属のスパイと密約を結んだ後、今度はプラハへの潜入を試みるも、立ちはだかるローマ教皇麾下《きか》の暗殺部隊に追われて危機に陥り――。と、文句なしに面白かった。物語は加速し、謎が謎を呼び、続きが気になって仕方がない。しかしやはりラストの一行は〝以下次号〟であった。

ああ、早く先が読みたい――。

わくわくする気分が抑えられない反面、ちょっと怖くもなってきた。この分量は明らかに異常だ。どうして急にこれほどペースが速くなる?

思い切って電話をしてみることにした。

非常識な時間なのは承知しているけれど、昼間電話しても捕まらなかったのだ。先ほどファックスを送ってきてくれたのだから、相手はまだ電話の近くにいるかもしれない。そう都合よく解釈して、徳俵先生に電話をかける。

しかし、やはり電話には誰も出なかった。呼び出し音が虚しく鳴るだけなのは、昼間と同様だった。

広く暗いオフィスの、編集部だけに灯りがついている。その離れ小島のごとき光の繭《まゆ》の中で、狛江は少し背筋が寒くなっていた。

翌日、編集長に相談してみることにした。

原稿の束をどさりと編集長のデスクに置くと、半分白髪頭の編集長は不精鬚に被《おお》われた顔を上げた。

「ん？　どなたの原稿？」

「徳俵兵庫先生です」

狛江が答えると、編集長は顎の不精鬚を撫でながら、

「へえ、先生、頑張ってくれてるんだねえ」

と、少しズレたことを云ってきた。焦《じ》れた狛江は一歩踏み出して、

「そうじゃないんです、異常です。こんなに書いてくれるなんて変なんですよ」

「作家さんが原稿書くことのどこがおかしいんだ？」

あくまでもピンと来ていない様子である。

「だって、どう考えてもおかしいです。いつもは月に四枚くらいなんですよ、それが二晩続けてこんなにたくさん。明らかに異常じゃないですか」

「異常、かなあ？」

「はい、到底一日で書ける分量じゃありません」

「そりゃコマちゃん、きみ、からかわれているんだよ、きっと」

呑気な顔つきで云う編集長に、狛江は眉を寄せてしまう。

「からかわれた？」

「そうそう、だってさ、考えてもみなよ。一日で書ける分量じゃないんだろう、だったらもっと時間をかけて、書き溜めたに決まってるじゃないか、そうだろう」

「でも、いつもは四枚なんですよ」

「だからさ、今までは四枚ずつ送ってきて、ストックしておいた分を急にドカンと放出したんだよ、きっと。だってコマちゃん、きみ、びっくりしただろ」

「そりゃしますす」

「だったら先生の企みは大成功だ。コマちゃんを驚かせようって魂胆さ。あの先生、あのお年で茶目っ気もある人だし」

「そんなふうには思えません」

「気にするなよ、作家さんの奇行でいちいち神経すり減らしていたら、この商売身が保《も》たないぞ。たくさん原稿をいただけたんだから、素直に喜んでおきなよ」

「はあ――」

結局、まともに取り合ってもらえなかった。編集長は、徳俵先生のお遊びだと信じているらしい。しかし、どうにも納得できない狛江であった。

そして、その日の夜にもファックス機はジジッと音を立てた。

ジーッコッ。

ジーッコッ。

ジーッコッ。

ジーッコッ。

ジーッコッ。

ジーッコッ。

ジーッコッ。

ジーッコッ。

ジーッコッ。

ジーッコッ。

原稿の束が送られてきた。今夜は百十六枚あった。完璧な原稿だった。筆跡に乱れた様子もなく、内容も素晴らしい出来映えだ。しかしそれがかえって、狛江の不安を掻き立てた。

電話をしても、やはり出てくれない。恐ろしくなってきた。

次の日も、ファックスは鳴った。

ジジッと小さな起動音。

そして――。

ジーッコッ。

ジーッコッ。

ジーッコッ。

ジーッコッ。

ジーッコッ。

ジーッコッ――。

原稿は百二十一枚。ラスト一行には〝以下次号〟と淡々とした一文。他には徳俵先生からの伝言ひとつ書かれていなかった。

さらに次の夜も、また次の夜も原稿は届き続けた。土曜日曜もお構いなしなので、休日には夜になってから出社してそれを受け取った。

ジジッとファックスの起動音が、夜の静寂を破って編集部のフロアに響く。狛江は一人、

それを聞いていた。そして、起動音よりさらに大きな音を立て、
ジーッコッ。

ジーッコッ。

ジーッコッ。

と、印字する機械音。

原稿はどんどん溜まっていく。

〝以下次号〟が毎晩続いた。

もう今月の〆切りはとっくに過ぎているのに、原稿は届き続ける。相変わらず徳俵先生の電話は繋がらず、狛江はもはや恐怖に怯える心境にまでなっていた。

そして七日目の夜、それは終わった。

いつものように、ジジッとファックスの機械が鳴り、ジーッコッ、ジーッコッ、と印刷する音が響いた。夜の静けさの中、離れ小島みたいに編集部にだけぽっかりとともった灯りの下、狛江は椅子の上で膝を抱えて座っていた。視線だけはファックス機に吸い寄せられ、離すことができずにいた。

ジーッコッ。

ジーッコッ。

ジーッコッ。

と、今夜はひときわ長く、作動音が鳴り続けた。

そして、また紙の束がひとつできて、音が止まった。

恐る恐る立ち上がり、狛江は原稿の束に手を伸ばす。原稿用紙の文字にはやはり乱れた形跡はなく、徳俵先生の端正な達筆で血湧き肉躍る物語世界が展開していた。ただし、いつもと違っている点がひとつだけあった。最後の一行に書かれているはずの〝以下次号〟の文字。今夜はそれがなかったのだ。〝以下次号〟の代わりにあったのは、素っ気ない一文字だけ。

〝完〟。

終わった。完結したのだ。物語は閉じ、エピローグを迎えていた。

合計千二百枚を超える大作になった。そして間違いなく傑作だった。

狛江はデスクに積まれた多量の紙束を前におののいていた。

完結した喜びなどはいささかも感じなかった。不安と恐ろしさだけを嚙み締めていた。

異常だ。これはおかしい。

徳俵先生が、こんな短時間にこれだけ書いてくれるはずがないのだ。

あの悪魔の仕業だ。これはあの、にやにや笑いのおぞましい悪魔が起こした超常現象に違いない。そうとしか思えない。私があんな望みを口にしたばかりに――。

狛江は自責の念にかられていた。自分の軽はずみな一言のせいでこんなことになってしまった。不安で不安で、いたたまれなかった。そのまま、まんじりともせずに編集部で一夜を明かした。千二百枚の大長編を読み返して一晩を過ごした。何度読んでも、やはり素晴らしい傑作だった。

夜が明けると同時に会社を飛び出し、狛江はタクシーに乗った。

徳俵先生の仕事場は都下の郊外にある。原稿依頼に日参したので所在地はよく知っている。運転手にそれを告げると、少しだけとろとろとまどろんだ。浅い眠りの中で、あの悪魔がにやにやと笑っていた。赤い瞳が闇の中で光っていた。

「お客さん、着きましたよ」

運転手の声で、はっとして意識を取り戻した。大急ぎで車を出ると、徳俵先生の仕事場の一軒家の前に立った。資料の書籍を大量に保管する必要があるので、自宅とは別にこの家を購入したのだと、かつて聞いたことがある。赤い屋根の、二階建ての洋館だった。朝日が破《は》風《ふ》を照らしている。

狛江は緊張しつつ、瀟洒《しょうしゃ》な家の門柱にあるインターフォンを鳴らした。応答はなかった。門扉に手をかけると、それは音もなく開いた。鍵がかかっていなかったのだ。前栽《せんざい》の間を通り、入り口の扉に行き着いた。そこにもドアチャイムがあったのでボタンを押してみる。

かすかに邸内からチャイムの音がしたけれど、人の気配は感じられなかった。

そっと狛江がドアノブを回すと、それは抵抗なく回転した。ここにも鍵がかかっていない。扉を開いて、狛江はするりと家の中に身を滑り込ませた。

「先生、徳俵先生。光学館の狛江です、いらっしゃいますか」

玄関の靴脱ぎで声をかけても、やはり何の反応も返ってこなかった。

思い切って狛江は家に上がり込んだ。嫌な予感がした。徳俵先生の書斎は、廊下の突き当たりにある。以前、連載作のプロットを聞かせてもらった部屋だった。恐る恐る足を踏み出し、そのドアの前まで辿り着く。

「徳俵先生、大丈夫ですか」

呼びかけながら、書斎の扉をそっと開いた。

遮光カーテンが引かれているせいで、中が暗い。

「先生、どこですか、ご無事ですか」

問いかける声が我知らず、途中で悲鳴に変わった。

徳俵先生が床に倒れていた。ファックス機のすぐ前だった。

部屋の床には夥《おびただ》しい数の原稿用紙が散乱していた。狛江が受け取ったファックスの元となったと思われる手書きの原稿が千数百枚分。その大量の紙の大海に溺れるようにして徳俵先生の身体が埋もれている。

服に被われている部分は判らないとしても、顔と腕がカラカラに乾燥してミイラ化しているのが見てとれた。

精も根も尽き果てたといった感じの死体だった。

二十年分の生命力をたった七日で絞りつくしたかのように、死体は干からびきっていた。

らのべっ！

優秀な編集者の条件・五ヶ条

・本のタイトル、帯の惹句《じやつく》などを適切に決定できる
・売れっ子のスケジュールは常に把握し、積極的にオファーを出す
・何事も迅速に行動する
・新人作家へのアドバイスは具体的かつ熱意を込めて

・結果的に売り上げの上がる本作りをする

「さて、次は――」

と、独り言をつぶやきながら祐天寺《ゆうてんじ》一彦《かずひこ》は、片手を箱の中に突っ込んだ。箱は、クジ引きなどに使う小型の紙箱である。上部に丸い穴が開いていて、手を入れられる構造になっていた。商店街のセールの三角クジなどで用いられる物だ。

箱の中から手探りで、カードを二枚引き出す。見ると、一枚には〝幼なじみ〟、もう一枚には〝偏差値〟とキーワードが書かれていた。

祐天寺は、ほんの数秒間、頭を巡らせてからデスクの上のノートに殴り書きのメモをした。

『隣の幼なじみが毎朝起こしに来る俺のリア充偏差値って47くらい？』

淡々とそう書きつけると、祐天寺はまた箱に手を入れカードを引き出す。今度のキーワードは〝キャラ〟と〝妹〟だった。

再び数秒考えた後、祐天寺は手早くメモを取る。

『妹が萌えキャラなんて現実にあるって信じられるか？』

祐天寺は少し、首を傾げた。二回続けて疑問形のものができてしまった。思考に偏りが出

ているのかもしれない。これはいかんな、もっとフラットに考えよう、頭を空っぽにして
――そう思いながら、また祐天寺はカードを二枚抜き出す。キーワードは〝アニメ〟と〝お嬢様〟。

祐天寺はほとんど何も考えないまま、ペンを走らせて、

『お嬢様、それはアニメの中でのお話です、現実と混同なさってはいけませぬ』

さすがに長いか？　と、自分で苦笑しつつも、祐天寺は繰り返し箱の中のカードを取る。

〝ハーレム〟と〝生徒会室〟。これは一秒たりとも考える必要はない。ほぼ脊髄反射だけでメモを書く。

『生徒会室が俺専用のハーレムになっているんだけど何か質問ある？』

といった具合に、二枚のカードのキーワードからの連想で、タイトル案を考える祐天寺であった。カードはあらかじめ祐天寺自身が箱に入れておいたものだ。ありがちなキーワードでもランダムに組み合わせれば、予想外のタイトルが思い浮かぶ、という仕組みである。

そうやって祐天寺はカードを引いて、いくつかのタイトル案を捻り出す。

『異世界に転生したら俺が女子高生だった件』

『裸族の娘が我が家にホームステイしていて目のやり場に困るんだが』

『ゆ、雪菜さん、そ、それはパンツじゃないですかっ』

『エッチなお兄ちゃんなんてもう知らないっ！』

『エロと恋との境界線を発見する旅に出るぜ』

『異世界メイドは電気アンマの夢をみるか』

『先生でエロいことを妄想した人は今すぐ手をあげなさい』

『コミュ障でもモテモテの俺の人生、イージーモードすぎるんだが』

飽きてきた。まあ、とりあえずこんなものか。祐天寺は特に感慨も満足感もなく、クジの箱をデスクの上に放り出した。

こうしたタイトル案は、もちろんすべて使えるわけではない。あくまでもラフなイメージであり、実際に本になるのはほんのひとつかふたつといったところだろうか。ただ、ストックはいくつあっても困らない。だからこうして、祐天寺は少しでも手が空くとタイトル案の考案作業に取りかかる。箱のカードを引いて、頭を空っぽにしてメモを取る。片手でポテチをつまみながら、編集部の自分のデスクでできる軽作業だ。本のタイトルを作るのも編集者の大切な仕事である。

作家は手綱を緩めると、すぐにスカしたタイトルをつけようとしやがる。『螺旋《らせん》機構』だの『ミッシングポイント』だの『幻想虚飾城』だの、分不相応な気取ったものをつけてくる。そういうのは、もちろんボツだ。ライトノベルでそんなのが売れるはずもない。そこでちゃんとしたタイトルに改題するのが祐天寺の役目である。

『螺旋機構』は『萌え萌え美少女　回転ずし状態』に、『ミッシング ポイント』は『俺だけ透明人間になっても学園ハーレムって作れるものか？』になり、『幻想虚飾城』は『別世界に召喚された俺と美少女騎士軍団　くんずほぐれつ大作戦』に生まれ変わる。判りやすくないと読者は手に取ってくれないのだ。理想は、タイトルだけで内容が全部判るもの。例えば『クラス全体で異世界転生したら俺だけ全能力チートになっていてやれやれだぜ』、これでいい。内容が一発で判る。安心して読める。何だったら読まなくてもいい。読者が読んだ気になってくれれば、それで構わないのである。

「短いのもやっとくか」

と、祐天寺は、クジの箱を引き寄せて、カードを一枚だけ引くことにする。長いタイトルは最近の流行だが、そればかりだと飽きられる。短いタイトル案も必要だ。カードを一枚引いて、インスピレーションだけを頼りに次々とタイトル案を捻り出した。

『デレっぱなし』

『キュン恋アラート発令中』

『ギュギュっとしてね』

『俺無双』

『命短しスカート短し』

『あれ、俺また何かやっちゃいました？』

『まさぐれっ！　手芸部』

『裸エプロン同級生』いや、『はだかエプロン同級生』の方がいいか。

『エロゲの姫はオレの嫁』いや、これも『ネトゲの姫はオレの嫁』の方がいいかもな。

『変態紳士のお通りだ』

『オタサーの姫だって女の子だモンッ！』

『琴音ちゃん危機一髪』

『萌えだるま』うーん、萌えもそろそろ古いか。言葉が賞味期限切れだな。そもそもだるまって何だ？

集中力が切れてきたので、祐天寺はペンを置いた。この中でひとつでも使えるものがあれば儲けもんだ。

・本のタイトル、帯の惹句などを適切に決定できる

おっと、そうこうするうちに時間だ。

祐天寺は立ち上がった。

出かける準備をする。ジャケットを羽織り、名刺入れの中身を確認した。名刺には〝雷神《らいじん》文庫編集部　副編集長　祐天寺一彦〟とある。三十代前半のこの年で副編集長というのは、この業界でもなかなかいない。その点には誇りをもっている祐天寺である。

名刺入れをポケットにしまい、かねて用意の菓子折の紙袋も忘れない。

祐天寺が編集部の部屋を出ようとすると、

「あれ？　祐天寺さん、外廻りっすか」

後輩の若手編集者が声をかけてきた。

「ああ、打ち合わせだ。相手は誰だと思う？」

悪戯《いたずら》っ気を出して聞いてみる。後輩は首を傾げて、

「さあ、誰っすか」

「ヲタQ先生だよ」

できるだけさりげなく祐天寺は云った。後輩は目を見開く。

「マジっすか、めっちゃ売れっ子じゃないですか」

「まあな」

「どうやってアポ取ったんすか、あんな売れっ子の先生」

「俺くらいになると独自のコネがあるんだよ」

祐天寺はわざと自慢げに云って、軽く笑ってみせた。

「凄いなあ、どんなコネですか、それ」

と、驚く後輩の羨望の眼差しを背に、祐天寺は編集部を出た。

電車を乗り継ぎ、向かったのは代官山だった。ここにヲタQ先生の仕事場があるのだ。さすが売れっ子は洒落《しやれ》た街をホームにしている。

指定された喫茶店はやけにキラキラした店で、壁が白とピンクの二色で塗られていた。調度品は純白の物が多用され、椅子やテーブルも猫足の疑似ロココ調である。祐天寺はそこに、約束の時間の二十分前に着いた。初の打ち合わせで先生を待たせるわけにはいかない。

窓際の席を取って待った。窓にレースのカーテンが掛かり、白く塗られた装飾用の鎧戸が外に向かって開いている。窓枠もピンクに塗装されていた。いささか落ち着かない内装の店である。座っていて尻がこそばゆい。メニュー表によるとパンケーキとクレープが売りらしい。祐天寺はそんな周囲の雰囲気など気にしないことにして、ジャケットの襟元を直した。本来ならばネクタイを締め直すところなのだろうが、あいにくカラーシャツにジャケット姿だ。ラノベ編集者はラフな服装の者が多い。若い連中は夏などTシャツ一枚だったりするほどだ。そのことに苦言を呈するほど、祐天寺も年を取ってはいないが。

待つこと十分ほどで、ヲタQ先生が店に入ってきた。若い男性で、祐天寺より十くらい年下だろうか。スマートなカッターシャツを着た、爽やかな印象の若者だった。しかし年齢差など関係ない。祐天寺は素早く立ち上がり、最敬礼で先生を迎えた。

「お忙しいところお時間を割いていただき、誠に申し訳ありません」

「いえいえ、こちらこそ、わざわざおいでいただいてすみませんでした」

祐天寺はヲタQ先生と名刺を交換し、手土産の菓子折を渡した。

「こちらつまらないものですが、ご挨拶代わりにお持ちください。お口に合うといいのですが」

「わあ、お気を遣わせてしまってすみません。ありがとうございます」

渡した紙袋の中身は洋菓子である。ヲタQ先生がその店の菓子が好物であることも、事前にリサーチ済みだった。ヲタQ先生は嬉しそうに菓子折を傍らに置いた。

「なんだか申し訳ないですね、お土産までいただいちゃって」

ヲタQ先生は気さくな口調で云う。売れっ子なのに高慢ちきなところが微塵もない。奇矯なペンネームと違って、本人は至って温厚な人柄のようだった。

「すみませんね、この辺りはこんな店しかなくて。若い女性向けの店構えだから、男一人じゃ入りにくかったでしょう」

変テコなペンネームの割に常識人らしい先生は、気遣いを見せて云う。

「週末なんかはセレクトショップに若い子が群がるような街ですからね、僕も本当はもっと庶民的なところがいいんですけど、これでも一応、作品のイメージもありますし」

「いえいえ、ヲタＱ先生ならお似合いです、この街並みも。若くてイケメンですから」

「またまた、おだてても何も出ませんよ」

と、社交性もあるらしい先生は爽やかに笑って、

「あ、それから、先生呼びはご勘弁ください。僕なんてまだまだ若輩者で、先生って柄でもありませんから」

気取りのない調子で云う。売れっ子の余裕が感じられる。

しばし二人で雑談に興じた。業界内の作家の動向や各出版社の編集者の言動。そうした話をひと通りした後、祐天寺は口調を改め、

「ところで、今回はお仕事のお話をさせていただきたくご連絡を差し上げました。もちろん新作の依頼です。是非、弊社でも一度、お仕事をお願いしたく参上した次第です」

「ええ、判っていますよ。こちらこそよろしくお願いします。いや、大手出版社さんとは大抵ご一緒させていただいてますけど、どういうわけか雷神文庫さんとだけはご縁がありませんでした」

「でしたらこれを機会に、是非ご縁を結んでいただきたいと思います」

「もちろんです。天下の雷神文庫さんからやっとお声がかかって、僕も嬉しいです」

すんなり話がまとまった。祐天寺は大いに安堵しながら、

「何か、新作のイメージなどはありますか、弊社でお仕事をしていただくに当たって」

「それなんですがね、やってみたい構想がひとつあるんです」

何気ない質問に、ヲタQ先生は身を乗り出してきた。そして、その前傾姿勢のまま先生は熱を込めて喋りだし、

「これまで我々はありとあらゆる美少女の属性に萌え要素を見出してきました。それは多岐に亘り、森羅万象を萌えの対象にしてきたと云っても過言ではありません。メイド、幼なじみ、妹、ツンデレ、ヤンデレ、ロリっ子、クール系、猫耳少女、コスプレ美少女、天然系、姉、隣のお姉さん、母、同級生、後輩美少女、先輩美女、女教師、保健室の先生、学級委員長、生徒会長、図書委員、文学少女、スポーツ少女、運動部のマネージャー、ナース、ウェイトレス、女子アナ、キャビンアテンダント、お天気お姉さん、女優、アイドル、グラドル、キャンギャル、声優、歌のお姉さん、女流棋士、女車掌、コンビニ店員女子高生、エンジニア系女子、メガネっ子、ボクっ子、ドジっ子、巨乳、貧乳、無口キャラ、おせっかいキャラ、おっとりキャラ、ほんわか癒やし系、清楚系、暴力美少女、ロック系美少女、ＪＫ、ＪＣ、

ＪＳ、女戦士、魔法少女、女剣士、ロボっ子、獣擬人化美少女、天使、海女《あま》、巫女《みこ》、尼僧、男装美少女、着ぐるみの中身が美少女、黒髪ロング美少女、ツインテール、ポニーテール、ショートカット、金髪美少女、前髪パッツン、眼帯少女、水着回、温泉回、和装美少女、浴衣《ゆかた》美少女、スク水、仮面美少女、美少女に変装している男の娘《こ》だと思ったらやっぱり正体は美少女だった、という具合です。果ては擬人化も行き着くところまで行き着いて、戦艦、車、戦闘機、競走馬、怪獣に電化製品と、あらゆる物を美少女化させてその中に萌えを発見してきたわけです」

云い淀むことなく一息で云い切った。

「これだけ色々とやり尽くしてきて、僕もそろそろ飽きてきました。ここらでひとつ、マンネリを打破すべく、ニッチなワンポイント狙いをやってみたいと思っているんです」

「何か、具体的なアイディアをお持ちのようですね」

祐天寺は尋ねる。ヲタＱ先生の長広舌にもまったく動じていなかった。売れっ子の好青年が常識的人柄だからといって、行動も同様とは限らないことはよく知っている。クリエーターには変人が多かったりするものだ。

「ええ、あります、アイディア。これはまだ誰も手をつけていないんじゃないかな」

と、ヲタＱ先生は少し勿体をつけるようにほくそ笑んで、

「ジャンル的には職業シリーズといってもいいんでしょうけど、数ある職種の中で今回僕が目をつけた職業、それは——」

と、そこで一拍おいてから、

「エレベーターガール」

得意げに、ヲタQ先生は云った。

「エレベーターガール？」

さすがに祐天寺も意表を突かれた。これは意想外だった。

「ちょっと珍しいでしょう。今はもう絶滅の危機に瀕している職業です。実際、あんまり見ませんよね、エレベーターガール。デパートや大型商業施設なんかでたまに見かけるくらいかな。その希少価値とノスタルジックな味わい、そこに読者のロマンと萌え心をくすぐるものがあると僕は睨んでいるんです。その微妙な機微を描きたいんですよ。エレベーターガールは基本、ドアの横の操作パネルに張り付いていますから、まあ大抵は後ろ姿を見せていますよね。ここがポイントです。もちろん美少女ですよ。でもその顔がなかなか見られない。美少女の顔が見えないもどかしさ、後ろ姿しか見せてくれない奥ゆかしさ、そこに若干のフェティシズムとほのかなエロティシズムを垣間見ることが可能だと思うんです。その可能性を描写してみたいんです。学校に行きさえすれば必然的に毎日顔を合わせられる同級生ヒロインも、もちろんいいですよ。でもねえ、そういういつものパターンはちょっと食傷気味なんです。そこへいくとエレベーターガールは特定の建物に行かないと会うことすらままならない。ちょっと文献に当たったところ、昭和の初期、デパートにエレベーターガールが配置され始めると、わざわざ見物に出かけた学生などがいたそうなんですね。当時の学生といったら社会のエリート候補生です。そんな若者を夢中にさせるんだから、エレベーターガールもなかなかのものだと思いませんか。そういう感覚は現代人の我々にも通じるところがありますね。萌えのためなら多少の苦労は厭わない。そんなオタクの心情は昔も今も変わらないわけですよ。そうやってわざわざ会いに行っても、美少女エレベーターガールは後ろ姿だけで顔を拝むのもままならない。ただ後ろ姿を見せて上へ下へと行ったり来たり、場所すら移動することもなく、エレベーターの箱の中に立っているだけ。この何ともいえないもどかしさ、隔靴掻痒感《かっかそうよう》が、萌え心を掻き立てると僕は思うんです、どうですか、面白いとは思いませんか」

「なるほどなるほど、メインヒロインがエレベーターガール、これは盲点でしたね、新しい。うん、実に興味深いです」

感心して、祐天寺はうなずいた。ヲタQ先生は我が意を得たりとばかりに勢い込んで、

「いいでしょう。僕はこの次回作でエレベーターガールの一大ブームを巻き起こすつもりで

すよ。多くのオタ男子がエレベーターガールを求めればそこに需要が生まれ、全国の様々な施設にエレベーターガールが起用されることになるでしょう。集客に貢献するとなれば、企業側も手をこまねいているはずがありませんからね。聖地巡礼とは逆に、企業側が先行投資する形になるはずです。エレベーターガールを配置した商業施設には客が殺到して、相乗効果でさらにエレベーターガールが増殖するという好循環です。雇用が促進され内需も拡大、社会貢献にも繋がる大きなブームを起こすわけですね。とまあ、それは半分冗談だとしても」

と、ヲタQ先生は爽やかに笑って、

「冗談はともかく、悪くないアイディアだとは思いませんか、エレベーターガール」

「ええ、さすが売れっ子天才ヲタQさん、発想が凡人とは違います。実に素晴らしい着眼点だと思います。面白いです。それ、やりましょう。是非うちでやってください」

祐天寺は丁寧に頭を下げた。

「そうおっしゃってくださると僕も嬉しいです。よかったですよ、僕の考えを理解してもらえて」

ヲタQ先生は、にこにこと満足そうに云う。

「では、具体的な進行ですが、だいたいどのくらいのお時間があればメドが立つご予定でしようか」

と、祐天寺はいつもの仕事モードに入って日程の調整を始める。多忙なヲタQ先生だが、なるべく早く作品を仕上げてもらいたかった。

そのための両者の摺り合わせ作業は順調に進み、打ち合わせは充実したものになった。

・売れっ子のスケジュールは常に把握し、積極的にオファーを出す

帰社し、編集部の部屋に戻った。

さっきの後輩編集者が、興味津々の顔で聞いてくる。

「どうでしたか、ヲタQ先生は？」

「完璧だ、俺を誰だと思ってるんだ」

軽口で応じて祐天寺は、ジャケットを脱いで自分の椅子の背もたれに掛ける。そして、その椅子に座ることなく編集部を出ると、別の階に向かった。社内の打ち合わせ用ブースの並ぶフロアだった。ここは、外注クリエーターと一対一で話せるスペースだ。多少手狭ではあるが、仕切りで完全個室になっているので、他の者の視線や耳を気にせず話をすることができる。編集者とクリエーター二人きりで額を突き合わせ、じっくり構想を練ったり、みっちり話し合ったりする場である。

祐天寺はそのブースのひとつに入った。

ここならば集中できる。

携帯電話を取り出し、〝連絡先〟欄を開く。連絡先はいくつかのグループに分かれている。〝仕事関係〟〝友人・知人〟〝店〟〝タクシー手配〟等々だ。その中で〝萌豚〟というグループをタップする。電話番号がびっしりと表示された。祐天寺はその一番上の番号に電話を入れる。コール音の後、相手が出た。

「はい、もしもし」

「俺だ、今すぐ社に来い」

名乗りもせず、祐天寺は命じる。

「えっ？　何ですか、ええと、祐天寺さんですよね、あの、すみません、今、バイト中でして」

「それがどうした」

「いえ、ですからその、途中で抜けるわけにはいかないんですよ。夕方には終わりますから、それからではダメでしょうか」

返事もしないで、祐天寺は通話を切った。ついでにその電話番号を削除する。何のためらいもなかった。

祐天寺は次の番号にかけた。

「はい、もしもし」

おどおどした若い男が出た。

「俺だ、今すぐ社に来い」

「え、今すぐ、ですか」

「俺がすぐと云ったらすぐだ。何だ、不満か」

「いえ、行きます」

「急げよ、遅くなったら他の奴に回すぞ」

「す、すぐ行きます、ええ、本当にすぐ」

大慌てで、相手は云った。その口調に満足して祐天寺は電話を切った。

・何事も迅速に行動する

電話の相手は汗だくでブースに飛び込んで来た。メガネをかけて、むくんだように太った人物だった。図体ばかり無駄にデカくて覇気や明敏さがまったく感じられない、どことなく清潔感に欠ける若い男である。夏と冬に開催される国内最大規模の同人誌頒布イベントに行くと、馬に喰わせるほどお目にかかれるタイプの量産型みたいな奴だ。もっとも、若いといっても、もう三十近いから潑剌《はつらつ》とした感じもまったくない。

「すみません、遅くなりました、すみませんすみません」

息を切らした太った男は、何度も何度も頭を下げた。祐天寺はむすっとした無言で応じる。この野郎、四十五分も待たせやがって、ふざけた野郎だ、と太った男を睨みつけていた。祐天寺にとっては、こいつなど名前すらあやふやな存在だった。ただの〝萌豚〟の中の一匹でしかない。

祐天寺はその〝萌豚〟に命じた。

「いいから汗を拭け、うっとうしい。それからとっとと座れ」

テーブルを挟んで祐天寺と向かい合わせの席を、顎で示した。お茶など出してやる気はさらさらない。相手がわたわたと腰を下ろすのを待ってから、

「単刀直入にいくぞ。お前に仕事をやる、できるな」

「え、あ、あの、ええと、どういったお仕事でしょうか」

〝萌豚〟はへどもどした態度で聞いてくる。もっさりとして鈍重で、豚というより鈍牛みたいだなと祐天寺は思った。どうしてこいつらは判で押したように同じタイプの奴しかいない

のだろうか、不思議でならない。首を傾げつつ、殊更声を落として伝える。

「これは社外秘だ。誰にも話すな。喋ったらタダではおかない、いいな」

「は、はい」

〝萌豚〟は緊張の面持ちで何度もうなずいた。

「ヲタQ先生、知ってるな？」

「あ、はい、それはもちろん、有名な人ですから」

「先生に仕事を受けてもらえることになった。メインヒロインはエレベーターガールだ」

「え、エレベーターガール？」

〝萌豚〟は、きょとんとした顔になった。凡人の反応はこんなものだろう。

「ヲタQ先生がエレベーターガールを描きたいとおっしゃっている。だからこれは決定事項だ。そういう本を出す。お前の仕事はその中身を書くこと。メインヒロインはエレベーターガール、その他に何人かサブヒロインを適当に配置しろ。もちろんシリーズ化を狙っているからな、サブヒロインのキャラを立たせるのも忘れるな、以上だ」

話を切り上げて腰を上げようとすると、

「あ、いえ、ちょっと待ってください、あの、でも、それだけ云われても、何をどう書いたらいいのかよく判りませんけど」

あたふたする〝萌豚〟に、祐天寺は舌打ちして座り直すと、

「内容なんかどうでもいいんだよ。あのヲタQ先生がカバーイラストを描いてくれるんだぞ、他に何が要る？　あと挿絵も七、八枚描いてもらえる方向で話がついているんだ。あの売れっ子イラストレーター、ヲタQ先生のフルカラー表紙だ。それだけで本は売れる。中身なんて何でもいいんだ。そもそも読者だって誰も、そんなものこれっぽっちも気にしない。表紙がヲタQ先生だってことが重要なんだ。俺達出版社としても、できればヲタQ先生のイラスト集を出したいのは山々なんだよ。でもそれだと先生の負担も大きいし、時間もかかる。だから仕方なく、お前のどうでもいい文章で水増しして一冊にするんだ。お前の書いたものがヲタQ先生の挿絵と並ぶんだぞ、それだけでもありがたいと思え」

「それはもちろん光栄ですけど、でも、あの、一応何を書けばいいのか、せめて方向性だけでも、少しくらいは」

「仕方ないな、これだからボンクラは」

ぐずぐず云う〝萌豚〟に少しイラッとしながらも、祐天寺は指示を出し、

「主人公はどこにでもいる平凡な高校生。何の取り柄も特徴もない男。趣味はアニメ鑑賞とフィギュア収集、そんなところか。ここはテンプレ通りでいけ。それで何やかんやあってヒロインのエレベーターガールに出会う。その後はサブヒロインが色々絡んできてストーリー

が進行する、こんな感じだ。萌え萌えハーレムでも異世界転生物でも、お前のサジ加減に任せる。好きにしろ。原稿用紙換算で350から400枚。一ヶ月以内に書いて持ってこい」

「えっ、一ヶ月ですか、いや、あの、せめてもう少し時間を」

「やかましい、俺がやれと云ったらやるんだよ。書けなかったら他の奴に回すぞ。お前の代わりなんかいくらでもいるんだからな」

祐天寺は冷徹に云う。そしてスマホを取り出すと、例の〝萌豚〟グループのページを開いた。それを突きつけてみせ、

「ほら、見ろ、こんなに並んでるだろう、この電話番号の列、これがいつでもお前の代わりになる。これはうちの社の〝雷神大賞〟に応募してきた連中だ、そう、お前と同じでな。しかも大賞に落ちたところまでお前とそっくり同じだぞ。最終候補に残りながら惜しくも獲りそこなった奴、三次選考まで進んだけど最終候補には引っかからなかった奴、三次にはこぼれたもののそこそこまともな文章が書けそうな奴。そういう奴がこれだけいるんだ、ほらこんなに」

画面をスクロールしながら、祐天寺は云う。

「みんなお前の同類だよ。ぱっとしない経歴のまま二十代を無為に過ごして、このままじゃダメだ人生の落伍者になると焦った挙げ句、暗い人生からどうにかして這い上がるためにラ

ノベ作家を志望する奴。スクールカーストの最下層でのたうち回りながら冴えない学校生活を送る中、何とか一発逆転を目論む陰気な高校生の小僧。夢も希望も未来もなくて、ついでにまともな職もなく、せめて人間らしく暮らしたいと望むその日暮らしの底辺のオタク野郎。いい年して親のスネを齧ってニート生活に嵌まり込みながらも、ちゃんと就職活動する勇気もないままずるずると日々を食い潰す根性なしのろくでなし。そんな奴らは、それこそ佃煮にして売り出せるほど大量に、この世にはいるものなんだよ。そういう連中が人生の大逆転を賭けて新人賞に小説を送ってくる。毎年毎年、うんざりするほどの数のお前らみたいのがな」

萎縮して下を向いてしまった〝萌豚〟に向かって、祐天寺は喋り続ける。

「大抵は箸にも棒にもかからないゴミばっかりだ。たわ言を並べた作文と呼ぶのもおこがましい、オタクのモテたい願望と性欲が絡まり合って凝り固まったみたいな不快指数百二十パーセント超えの気色悪いシロモノだ。てにをはすらまともに使えない紙クズそのものの無意味なゴミだ。だけどな、そんな見るも穢らわしい不気味な紙の束の中から、俺は毎年、どうにか使えそうな駒をピックアップしてやってるんだ。それがこの〝萌豚〟グループのストックなんだよ。こいつは年々増える一方だぞ。なにしろ毎年毎年、どこにこんな多量のオタク野郎が隠れ棲んでいるんだってくらい、途轍もない数の応募があるんだからな。そこからこうやってランダムにデビューの機会を与えてやってるんだからな、お前、少しはありがたいと思えよ」

ライトノベルの刊行点数が異様に多いのも、そのためである。数打てばどれかが当たるだろうという方式を採っているからなのだ。そこから運に恵まれた者だけがヒット作を飛ばし、生き残ることができる。売り上げが伸びなかった者は、読者に名前を覚えてもらう暇すらなく消えていく運命。これはそうしたシビアな世界なのだ。

祐天寺は、テーブルの向こうに落ち着きなく座る〝萌豚〟に、懇々と諭すように云う。

「お前も人生一発逆転したいんだろう。金がほしいだろう、名誉もほしいだろう、ちやほやされたいんだろう。今の底辺暮らしはもう嫌だろう。今の生活に夢があるか？　希望があるか？　金もない、友達もいない、学歴もないからろくな働き口もない。お前、女の子と二言以上口を利いたのは何年前だ？　このまま生きてたって、良いことなんか何も起きないのはお前自身が一番よく判ってるはずだろう。お先まっ暗、将来まっ暗。な、このままだと最底辺人生だぞ。ゲームと違って、就職や結婚は強制イベントじゃないんだからな。自分で動かなきゃ何にも進まないんだぞ。判るか。嫌だろう、何のイベントも起きないドン底人生は？」

「――はい」

〝萌豚〟は消え入りそうにうなずく。

「よし、だったら書け、ラノベを書け、書いて売れろ。ヒットを飛ばせ。ヒットを出して有名作家になれば、アイドル声優ともイチャつけるんだぞ、金持ちになれば女なんか黙ってたって寄って来るようになるんだ。どうだ、そうなりたいだろう」

「なりたい、です」

心持ち〝萌豚〟の目の色が変わってきたように思える。ここを先途《せんど》と祐天寺は捲し立てる。

「今がそうなれるチャンスだ。ここで一発、この好機をものにしてみせろ。成功を掴み取れ。それができるかどうかはお前の頑張り次第だ。ひょっとしたらこれが最後のチャンスかもしれないぞ。イチかバチか、やってみろ。お前の妄想を原稿に叩きつけろ。童貞野郎のお前はどうせ、夜な夜な寝る前にモテモテ妄想をしてるんだろう。お前本人は何の努力もしてないのに、かわいい女の子が理由もなくベタベタしてきて、イチャイチャできる妄想を夜ごと楽しんでるんだろう。それが唯一の心の安らぎだもんな。判ってるんだよ、お前みたいな三十近くにもなって童貞こじらせたオタク野郎は、それくらいしか楽しみがないってこと。ちゃんとお見通しだ。でもな、それでいいんだ。今度はその妄想がお前の武器になる。今こそ、夜な夜な磨き上げたその妄想パワーを解放する時だ。お前が毎晩布団の中で繰り広げているモテモテ空想を、今度は文章にするだけでいいんだ。たわいもないモテモテ願望を原稿に書けば、それが金を生んでくれる。読者はそれを望んでいるんだからな。うまく現実逃避できて、お前と同じような底辺生活を一瞬だけでも忘れさせてくれる夢をな。お前はそれを提供してやるだけだ。な、簡単だろ、できるだろ、すぐに書けるな。だから書け、本気で書け、ぶっ書け、成功を手に入れろ、やれ、死ぬ気で書け、ぶっ書けこの童貞豚野郎っ」

「はいっ、書きます」

今や〝萌豚〟は顔面が紅潮し、目には精気が宿っている。

よし、これだけ焚き付けておけばモチベーションは保持できるだろう。そろそろ頃合いだ、と判断して祐天寺は、

「さあ、今から帰ってすぐに書き始めろ。ヒットしそうな要素をたっぷり練り込むのを忘れるな。独りよがりの共感性の薄い話なんか読者は読みたくないんだからな。読者をとにかく萌えさせろ、読者の鼻の下を伸ばしてやればお前の勝ちだ。一人残らずお前の書くメインヒロインにデレデレにさせるんだ。その一点にだけ集中しろ」

「判りました、書きますっ」

決然と云って〝萌豚〟は、勢いよく立ち上がった。

帰って行く〝萌豚〟の後ろ姿を見送るとすぐ、祐天寺は立て続けにあと四人の〝萌豚〟を呼びつけた。そして順繰りに各々、同じ発注をする。もちろんそれぞれの〝萌豚〟には他の四人の存在は知らせない。

これで順当にいけば、一ヶ月後には五本の完成原稿が出来上がるという段取りである。その中の使える一本だけを採用し、残りの四つはシュレッダーに直行だ。

いや、一人の〝萌豚〟が丸々使える内容を書いてくるとは限らない。そういう時にはそれぞれのマシな部分だけをつまみ食いする方式を取るのがいつものやり方だ。こっちの原稿のキャラを採用し、そっちの原稿のストーリーラインを使用して、あっちの原稿からは面白いエピソードだけを抽出する。そうやってキメラみたいな原稿を作り、それを決定稿にする仕組みである。当然その作業は六人目の新しい〝萌豚〟にやらせる。小器用な奴ならば、そんな継ぎはぎの繋ぎ合わせもやってのけるだろう。そしてその場合、著者はその六人目ということになる。新人作家として世に出るのは最後に原稿をまとめた〝萌豚〟一人だけだ。前の五人からは不満の声が上がるだろうが、そんなものは当然、黙殺する。デビューすらしていない〝萌豚〟ごときが著作権を主張するなど生意気だ。おこがましいにも程がある。作家未満の〝萌豚〟などには、そんな一人前の権利などあろうはずがない。文句を云うようならば一生この業界で浮かび上がれなくしてやるだけのことだ。著作権どころか、あんな醜悪で無能な豚どもにまともな人権が与えられているのすら、もったいないと思う祐天寺であった。

・新人作家へのアドバイスは具体的かつ熱意を込めて

ブースを出て、編集部へ戻った。

席に着く前に、編集長が手招きしているのに気がついた。編集長の目が笑っている。悪い話ではなさそうだ、そう思いながら祐天寺は、編集長のデスクの前まで行った。

「祐天寺くん、朗報だ、何だと思う？」

楽しげに尋ねてくる編集長は、機嫌もよさそうだった。

「さあ、何でしょうか、見当がつきませんが」

祐天寺が首を傾げてみせると、編集長は、

「この前のきみの企画書ね、局とスポンサーサイドからゴーサインが出たんだよ」

「あ、それじゃアニメ化ですか。『ラノベ作家の俺と32人の妹たち』の」

「うん、アニメ化決定。来年の春アニメだ。うちも製作委員会に名を連ねることになった。忙しくなるぞ」

「やっぱりイラストに琥珀城電気《こはくじようでんき》先生を採用したのが大きかったようですね」

「そうかもしれないな。しかし、謙遜しなくてもよろしい。琥珀城先生に依頼したのはきみの手柄なんだから」

と、にこにこ顔の編集長は、

「そこでだ、この作品のキャンペーンを張ることにした。原作本フェア、人気声優が出演する各種先行イベント、スポンサーとタイアップして大規模な宣伝攻勢、やることはたくさんあるぞ。祐天寺くん、任せていいか」

「もちろんです、やらせてください」

「うん、きみに一任すれば安心だ、俺も大船に乗った気でいられるよ。いや、本当に祐天寺くんはよくやってくれてるからな。手がける作品は次々とアニメ化だし、ベストセラーもバンバン出してくれるし、うん、実に助かる。さすがは我が社のエース、といったところかな、はははは」

「いや、そんな大それたものでもありませんよ」

祐天寺は醒めた口調で云った。担当した本がテレビアニメになることなど、実際珍しくもないのだ。

事実、祐天寺の手がけた本はどれも売れている。例のクジ引き方式でタイトルをつけ、題名先行で〝萌豚〟どもに適当に書かせたものであるから、内容は正直、大したものではない。その代わりイラストレーターだけは最先端の一流どころに依頼している。なので売れないはずがない。

だからアニメ化くらいで別に今さら大喜びもしない。まあ、上司の覚えがめでたいことは悪いことではないか——そう淡々と思う祐天寺であった。

・結果的に売り上げの上がる本作りをする

畢竟《ひっきょう》、祐天寺は優秀な編集者なのである。

優秀な人材のいるジャンルは伸びる。

その証拠に、書店に赴いて棚を一巡してみるといい。派手なアニメ絵の表紙の本が、多くの棚を占拠して平積みになっているのが見られるだろう。その売り場面積は拡張を続けるばかりだ。すべて祐天寺のような有能な編集者の力である。本が売れるのはいいことだ。出版不況が叫ばれる昨今、売れるジャンルがあることが頼もしい。

だから——ライトノベルの隆盛に、乾杯！

文学賞選考会

「さて、お食事もお済みのようですので、そろそろ始めさせていただきます」

ちょうどいい頃合いを見計らって、久我山一太郎《くがやまいちたろう》は云った。

会場は築地の老舗《しにせ》料亭〝泥田坊《どろたぼう》〟の一室〝泥鰌《どじょう》の間〟である。選考会は伝統的にここで行われる習わしだった。

選考委員の先生がたが最前までさんざ呑み喰いして散らかした卓の上は、仲居さん達が総出で手早く片付けてくれた。黒檀の大きな卓の上は、今はきれいになっている。

久我山はその一枚板の豪奢な大卓に五冊の本を並べると、改めて厳《おごそ》かに宣言する。

「それでは、これより第一七九回、植木賞の選考会を始めさせていただきます」

久我山は今年四十四歳、大手出版社文學春秒社の編集者である。この選考会の立会人を務めるのも五度目。それでも少し緊張していた。何しろ文学界で最も有名で権威ある賞なのだ。マスコミの注目度も高く、世の話題にもなる。受賞すれば本の売れ行きが一桁上がるといわれている大きな賞なのである。

ちなみに、同じ料亭内の別室〝蓮の間〟でも、茶川賞の選考会がこちらと同じように始まっているはずだ。茶川賞は主に純文学系の作品に、植木賞はエンタメ系の小説に贈られるのが慣例となっている。いわば、今年出版されたあらゆる書籍の中で最も優れた作品を讃える賞であり、この両賞は文學春秒社の主宰するイベントのうち一番手応えのある仕事だった。

久我山は立会人らしく、入り口の襖の前で座敷に正座して慎ましく控えている。そこから選考委員の先生がたの顔ぶれを見渡した。

四人の選考委員が大卓についていた。

左京区《さきょうく》天蓋《てんがい》先生。

酢《す》醍醐《だいご》権現《ごんげん》先生。

梅小鉢《うめこばち》餡子《あんこ》先生。

間鶴目《まづるめ》幾分人《いくぶんと》先生。

左京区天蓋先生は関西在住の重鎮で、七十過ぎの大御所である。痩せた体軀に白髭を生やした風貌は、仙人のような風格がある。

酢醍醐権現先生は左京区より少し年下だが、それでも当代きっての売れっ子の大物である。恰幅のいい立派な体格で威厳に満ちていた。

紅一点の梅小鉢餡子先生は若作りの厚化粧であるけれど、六十をとっくに過ぎているはずだ。ボリュームのある髪を紫色に染めている。

間鶴目幾分人先生がこの中で最年少だが、それでも五十代。メガネをかけた学者風の理知的な容姿である。

久我山の位置から見て、卓の右側に酢醍醐権現、正面の床の間を背にした上座に左京区天蓋。そして、左手前が間鶴目幾分人、奥に紅一点の梅小鉢餡子、という配置である。

いずれも大きな文学賞をいくつも受賞している経歴で、著書はすべてベストセラーになる大家と売れっ子ばかりであった。

四人の先生がたに向かって、久我山は報告する。

「袖之下《そでの》諭吉《したゆきち》先生は残念ながら本日はご多忙のため欠席となります。その代わり――」

と、久我山は一通の白い封筒を大卓の隅に置き、

「こちらは袖之下先生のご意向をしたためたものです。議論が行き詰まった時にでも開封してほしい、とのご伝言です」

選考委員達はそれを見て、一斉に喋りだした。

「まあ、袖之下くんも忙しいから」

酢醍醐が云うと、左京区老人は苦言を呈して、

「そやかてスケジュールは空けとくもんやろ、わしかてそうしてるで。袖之下くんはちょっと不見識やないかな」

梅小鉢餡子が取り成すように、

「まあまあ、売れっ子同士、ここは大目に見てあげましょうよ。そりゃ左京区先生ほどじゃないにしても、お互いいつお休みできるか判らないほど忙しいんですもの。フォローし合いましょう」

「しゃあないなあ、袖之下くんには今度、何か別の形で埋め合わせしてもらわんとな」

と、まだ不満げに左京区は、

「それはともかく、わしはちょっと横にならしてもらお。腹がくちくなったら眠とうなってきよった。話が煮詰まった頃にでも起こしてや」

そう云うと、本当にその場で横たわってしまった。座布団を枕にして、すぐに高鼾《たかいびき》をかき始める。先ほどの食事の際、ビールをしこたま呑んでいたせいかもしれない。従ってこの後の話し合いは、終始この老大家の鼾をＢＧＭに行われることとなる。

それを見ながら酢醍醐が呆れた顔で、

「仕方ないなあ。あんなにハイペースで呑んでるから、大丈夫かなと思ってたら案の定これだよ。酔っぱらいには困ったもんだな」

梅小鉢が取り成して、

「まあまあ、左京区先生もハードスケジュール続きみたいだし、疲れてるんでしょ。そっとしておいてあげましょうよ」

「まったくもう、誰が不見識なんだか」

不満げな酢醍醐とは対照的に、若い間鶴目は冷静な口調で、

「袖之下先生が欠席、左京区先生はこのありさまです。僕ら三人で進めるしかなさそうですね」

「仕方ないな、三人でもいいだろう、始めるとしようか」

と、酢醍醐は、卓に並んだ五冊の本を順繰りに手に取った。先ほど久我山が並べた本だ。

梅小鉢も間鶴目もそれに倣《なら》って、何となく本のページをパラパラとめくり始めた。

候補作は五冊だった。

『夜の金メダリスト』　又割直墨《またわりなおすみ》
『急斜面』　大太刀現実《おおたちげんじつ》
『笑いの神様』　蛸薬師《たこやくし》ビリケン
『ボクとヨメと猫二匹』　寿司屋魚嗣《すしやうおつぐ》

『さよならランブルフィッシュ』　破天荒文学《はてんこうぶんがく》
この五作品によって賞が争われることになる。

久我山は息を詰めて、成り行きを見守る。

酢醍醐が年長者の貫禄で、イニシアティブを取って云う。

「まあとりあえず、ざっと篩《ふるい》にかけてみようか。残すのと落とすの、ざっくり分けよう」

「そうね、その方が早いでしょうね」

梅小鉢が追随して、間鶴目も同意し、

「判りました、そうしましょう」

と、うなずいた。

そして酢醍醐は、並んだ本の中から一冊を手元に引き寄せ、

「まず、これね。これをどうするか、なんだが」

と、酢醍醐がまず俎上に載せたのは、蛸薬師ビリケン著『笑いの神様』である。

「これは残さなくてもいいんじゃないかな。ビリケンくんはもう充分売れてるだろ。賞を与えてこれ以上、箔をつけてやる必要もないんじゃないかと思うんだが、どうだろう」

酢醍醐の提案に、梅小鉢が乗った。

「そうねえ、若い人に人気もあるし、もう売れてるものねえ」

「だから落としてもいいだろ」

「ええ、私は賛成ね」

梅小鉢が云うと、間鶴目は沈着な口調で、

「確かに、蛸薬師くん自身もまだ若いですからね。これからもチャンスはいくらでもあると思われます。今回は見送っても構わないと、僕も思いますね」

「よし、五人の選考委員のうち三人が落とすことに同意だ。多数決ってことで、ビリケンくんはなし。いいね」

酢醍醐が確認し、梅小鉢と間鶴目が揃ってうなずく。

「ええ、そうしましょう」

「問題ありません」

あっさりと、一作が落ちた。

しかしまあ、こんなものだろう、と推移を見守っていた久我山は思う。これまでの立会人としての経験で知っている。早い場合は開始一分で落選が決まる。珍しいことではない。

久我山は膝立ちで大卓ににじり寄ると、その本を手元に回収した。

蛸薬師ビリケン著『笑いの神様』脱落。

大卓の上に残った四冊の本のうち、一冊に手を伸ばして酢醍醐が云う。

「さて、この『急斜面』の大太刀さんね、この人、誰だ？　俺、知らないんだが」

「そうなのよ、私も不思議に思ってたの、誰だろうって。聞いたことない名前だから」

梅小鉢が首を傾げると、間鶴目が軽く片手を上げて、

「僕、調べてきました。といっても少し検索をかけてみただけですが。それによると大太刀現実氏は専業の作家さんのようです。今年七十三歳のベテランで、筆歴も五十年以上のようですね」

「作家？　専業の？」

酢醍醐が目を丸くして云い、梅小鉢もびっくりしたらしく、

「ええっ？　つまり、この人、小説家ってこと？」

「どうやらそうらしいです。いや、あくまでもネットの情報であって、僕も知っていたわけではないのですが」

間鶴目が生真面目に答えると、酢醍醐が呆れたように、

「今時作家って、いや、それじゃこの人、テレビには出てないのか」

「出てないでしょうね」

あくまでも冷静な態度で答える間鶴目に、梅小鉢はさらに仰天した顔で、

「えっ？　だったら有名でも何でもない人じゃない」

「へえ、まさか今の時代にそんな人がいるなんてなあ、思いも寄らなかったな」

と、酢醍醐は、しみじみと感心したように云うと、

「本当なのかね、久我山くん」

いきなり話の矛先をこちらに向けてきた。突然の名指しにぎくりとして久我山は、

「はあ、まあ、実はそうなんです」

もごもごと答えると、酢醍醐は苦々しげに、

「困るんだよなあ、今さらシロウトさんを候補にされても。こっちだって遊びでやってるんじゃないんだからさ。どうなってるの、これ」

「申し訳ありません」

久我山は平身低頭しながら、内心で舌打ちしていた。だから云ったじゃないか、思った通り文句が出たよ――。

候補作は、文學春秒社の文學出版局に所属する編集者達が集まり、合議制によって決定する。大抵はすんなり決まるものだが、ただ、未だに旧弊な年嵩の編集者が、本職の作家の本を候補にねじ込んでくる。久我山を始めとする五十代以下の者は、やめておきましょう無意味ですよと提言するのだけど、頭の堅いベテラン数人が意固地になって諦めてくれない。万

が一の可能性に一縷《いちる》の望みを懸けて、候補作に紛れ込ませてくる。

矢面に立って選考委員の先生からお叱りを受けるのは立会人の俺なのに、畜生、老害どもが余計なことしやがるから——と、久我山は胸の内で毒突く。

「ま、それじゃ、これはなしだな。シロウトさんに賞をやっても、猫に小判だし」

と、酢醍醐があっさりと云った。梅小鉢もうなずいて、

「そうね、話題にもならないでしょうし、私も要らないと思う」

「そうですね、僕も同感です。仕方ありません」

間鶴目も同調し、

「じゃ、これはなし、と」

と、酢醍醐が、問題の本を卓の隅に滑らせた。久我山はすかさずそれを手元に回収する。

大太刀現実著『急斜面』脱落。

これで残りは三者になった。

黒檀の大卓の上には、その三冊の本。

『夜の金メダリスト』　又割直墨
『ボクとヨメと猫二匹』　寿司屋魚嗣

『さよならランブルフィッシュ』　破天荒文学
そのうちの一冊を、酢醍醐が手に取った。

「さて、次はこれなんだがな、破天荒文学って、あいつどこの事務所だったたっけ？」

ページをペラペラめくりながら酢醍醐は尋ねる。手にした本は破天荒文学著『さよならランブルフィッシュ』である。

「大手じゃなかったはずよねえ」

梅小鉢が答え、間鶴目はメガネを指で押し上げながら、

「確か、キセキ芸能社だったはずですが」

「ああ、あそこか。中堅どころだな」

「そうですね」

「だったら落としても構わんだろう。大手事務所じゃないなら、賞を取らせて恩を売る価値もないし」

と、酢醍醐が云うと、梅小鉢は顔をしかめて、

「っていうか、私、破天荒くんって顔が嫌い。品がないでしょ、あの人」

間鶴目が割って入って、

「いやしかし、事務所が大きくないからといって、それだけで落とすというのも少し乱暴ではないでしょうか」

「でもな、彼、最近評判よくないぞ、天狗になってるって。若手のいじりがキツくて洒落になってないって、よく愚痴を聞くぜ。俺の耳にも入ってくるくらいなんだから、相当なもんなんじゃないかな」

酢醍醐の言葉に、梅小鉢も乗っかり、

「そうそう、あのお猿さんみたいな顔だと性根も曲がってそうだもの。イジメとかしそうなタイプよね、あの顔は。私は嫌い、あの人」

「そうかなあ、僕は悪くないと思いますけど。あれくらいの毒のあるツッコミは、今や普通ですよ」

間鶴目が云っても、酢醍醐は自説を曲げない。

「いやいや、芸人同士ならともかく、スタッフへの当たりもキツいらしいぞ。ＡＤなんか怒鳴りつけてるところ、俺も一度見かけたことがある」

「しかし、売れてますけどね、彼」

「あんなの一時的な人気だよ、そのうち消えるだろ。ああいう一発屋的な奴に賞を出すのは、とにかく俺は賛成できんな」

酢醍醐の強固な姿勢を、梅小鉢も援護して、

「私も嫌。あの人、相手によって態度変えるでしょ。年長者にはへいこらするくせに、若手のディレクターなんかにはブチブチ嫌味云ってるし。それに共演のグラドルの子なんかに話しかけてる顔がもう、イヤらしいのよお、ニタニタして猫撫で声出しちゃって、おお、嫌だ嫌だ。気持ち悪いのよ、基本的に。だから私も破天荒くんの受賞には反対、絶対反対、大反対」

酢醍醐も、ここぞとばかりに、

「そもそも息の続かない奴に賞を与えたりしたら、賞の権威そのものに傷がつく。例えば十年後二十年後に、この第一七九回の受賞者、こいつは誰だ？　聞いたこともないぞこんな奴、なんて云われでもしたら、我々選考委員みんなの恥でもあるんだぞ」

「それは、まあ、確かにそうですが」

間鶴目は困惑したように云う。梅小鉢は科《しな》を作って、

「ね、やめときましょうよ。あんな下品な人に賞なんてあげたら、増長してもっと調子に乗るだけなんだから。いいことなんかないでしょ」

「うん、その方が無難だな。ああいう奴はきっと、そのうち何か問題起こすぞ」

と、酢醍醐も熱を込めて、

「何かやらかしたら、俺達だって見識が疑われる。まあ、薬物とまでは云わんとしても、例えば、飲酒運転だの暴力事件だのと問題起こして警察沙汰にでもなってみろ、ワイドショーがどれだけ大騒ぎすることか。植木賞作家が事件を起こしたってことで、マスコミが大喜びでハゲタカみたいに骨までしゃぶり尽くすぜ、きっと。そうなったらこっちにまでとばっちりが来ない保証はないだろう。選考委員にも道義的責任があるだの何だのと難癖つけられて、テレビで取り上げられたら堪ったもんじゃない。間鶴目くんだってそんな目に遭うのはご免だろう、全然関係ないのに傍杖《そばづえ》喰うんだぞ」

「そうよそうよ、嫌でしょ、間鶴目くんも。私も嫌よ、そんなの」

「うーん、仕方ないですね。お二人がそこまでおっしゃるのなら、僕も意地を張る理由はありませんからね。判りました、僕も同意します」

と、間鶴目は、渋々といった顔で云った。

酢醍醐は両手をひとつ、ぱんっと勢いよく叩き合わせて、

「よし、これで決まりだ。破天荒はなしだな」

と、本を卓上で滑らせて、こちらによこした。久我山はその一冊に手を伸ばし、卓の上から素早く除けた。

破天荒文学著『さよならランブルフィッシュ』脱落。

２０××年、今や小説を書いて本を出すのは作家の仕事ではなくなっている。出版されるのはほとんどがテレビに出ている芸能人、主にお笑い芸人と呼ばれるタレントのものばかりだ。

二十年ほど前から出版界を覆う構造不況はもはや限界に達していた。

本が売れない。

消費者が誰も本を買ってくれない時代になったのだ。

それは、娯楽の多様化、若年層の人口減少、ネットの爆発的普及、といった原因が複合的に絡み合った結果の出版不況であり、誰にも手の打ちようがなかった。本の出版部数は減り続け、本職の作家は困窮するしかなかった。出版社も手をこまねくばかりで、廃業する作家は後を絶たなかった。

そんな中でも売れている本があった。テレビタレントが書いた本である。

もちろん名義だけを貸してゴーストライターが執筆した、所謂《いわゆる》タレント本などではない。お笑いタレントが一応、ちゃんと自ら創作して文章を綴った小説だ。

これだけは売れた。

テレビの人気者が書いた本なのだ。マスコミはこぞって宣伝し、視聴者も親しみを持って手に取ってくれる。そんな芸人の書いた本が賞を取ったりすれば、ますます話題になって売り上げも上がる。この事実に出版社側も気付いてしまい、そこに唯一の活路を見出すこととなる。

かくして、各出版社は右へ倣う。お笑いタレントに本を書かせる風潮が、瞬く間に広がったわけである。

タレントが本を書く。それを出版する。賞を取って話題になる。受賞作だということで皆が興味を持って買ってくれる。ベストセラーになる。タレントもそのお陰でテレビの仕事がさらに増える。出版社もタレント自身も儲かる。売れたいテレビタレントもその流れに乗り、執筆を始める。ますますタレントの書いた本が増える——といった循環が出来上がったのだ。

その結果、書店のすべての棚という棚は、お笑いタレントの書く小説本に席捲《せっけん》されることとなった。

お笑い芸人の本だけが売れ、賞の対象となり、出版業界はタレントが独占する。先ほど脱落が決まった大太刀現実氏などは、もはや絶滅寸前となった専業小説家の、ほんのひと握りの最後の生き残りなのである。

もはや小説を書くのは作家の仕事に非《あら》ず。

お笑いタレントが本を出せば、読者は無批判に買ってくれる。ただテレビの有名人が書いたというだけで、何も考えずに手に取ってくれる。文学賞を受賞させてマスコミが取り上げれば、売り上げもさらにアップする。

こうして今年の権威ある植木賞も、タレントの書いた本ばかりが候補作になっているわけである。

「さて、残りは二冊だけになったな」

酢醍醐権現が云った。彼の云う通り、黒檀の大卓の上に載っているのは二冊の本だ。

『夜の金メダリスト』　又割直墨
『ボクとヨメと猫二匹』　寿司屋魚嗣

間鶴目幾分人も、その二冊を見やりながら、

「このどちらかということになりますね。あるいは受賞作なし、か」

「いやいや、それは避けたいな。ベストセラーを一冊くらい出しておかないと、出版業界全体の衰退に繋がりかねん」

酢醍醐が云うと、梅小鉢餡子も同調して、

「そうよねえ、受賞作なしはカッコつかないでしょう」

「そこでだ、この『ボクとヨメと猫二匹』というタイトルだがな、語呂が悪すぎやせんか」

と、酢醍醐が腕組みしながら、

「この題名だと読者が覚えにくかろう、ちょっと長いからな。書店で注文する時なんか、客が云いづらいんじゃないか」

「そうでもないでしょう。こういうのはヒットすれば略称になるのが一般的な傾向です」

と、間鶴目がメガネの位置を指先で直しつつ、

「みんな略して呼んでくれるはずです、『ボクヨメ』とか『ボクと猫』とか。むしろ略称が定着するまでになれば社会現象として認められた証拠にもなりますから、それを期待してみるのもいいかもしれません。まあ、それをいえば『夜の金メダリスト』も略されて『夜金』とか『メダリスト』とか簡略化されることにもなりそうですが」

「うん、その『夜の金メダリスト』だがな、この又割って〝ファニーボーイ〟のツッコミの方だっけ？」

酢醍醐が尋ねると、梅小鉢が首を振って、

「あら、違いますよ、ツッコミは阿万部《あまんべ》くんの方でしょ、又割くんはボケ」

「あれ、そうだったっけ？」

「そうですよ」

「ま、どっちでもいいんだがな、とにかく〝ファニーボーイ〟は確か、吉木興業だったな」

「ええ、そうね」

梅小鉢がうなずくと、酢醍醐は高らかに、

「だったら俺は又割を推す。『夜の金メダリスト』だ。今回はこれが受賞作でどうだろう。何せ吉木興業だしな」

吉木興業は大阪に本社があるお笑い芸人の巨大事務所である。ベテランから若手まで、総勢数千人ともいわれる芸人を擁し、一大帝国を築いているプロダクションだ。お笑いの総本山などとも呼ばれている。テレビの各キー局に深く食い込み、いくつもの番組を所属タレントに持たせている。関西弁が東京でもそれほど抵抗なく受け入れられるようになったのも、ここの事務所の芸人達が大挙してテレビに出て喋りまくったお陰だといわれるほどで、今や芸能界の最も大きな勢力のひとつになっている。

どうやら酢醍醐先生は吉木興業に恩を売ろうという腹らしいな——入り口の襖の前で正座したまま、久我山はそう見当をつけていた。さすがに鼻薬を利かされているとまではいかないにしても、大手事務所に貸しを作っておいて損はないと計算したに違いない。

それに真っ向から対立する意見が間鶴目から出た。

「それを云うんなら『ボクとヨメ』の寿司屋くんもオタプロですよ」

そう、寿司屋魚嗣はお笑いコンビ〝おかしや〟の片割れであり、このコンビはオタナベエンターテインメント所属だ。オタナベエンターテインメントは略称〝オタプロ〟、東京の超大手芸能プロダクションである。有名なタレントが数多く在籍し、テレビ局にも顔が利く。吉木興業にも引けを取らない影響力を持つ事務所なのだ。

「事務所の大小の話になるのなら、寿司屋くんの『ボクとヨメ』にも充分に資格があると思いますけど」

と、間鶴目が云った。

どうやら東西大手事務所の代理戦争の様相を呈してきた。久我山は固唾を呑んで経過を見守る。

「それはそうなんだろうがな、〝ファニーボーイ〟は正統派の関西しゃべくり漫才の若手有望株だ。こういうコンビは息が長い。将来のテレビ界を背負って立つ器だと俺は思っている。だから先行投資の意味合いも兼ねて、ここは又割に受賞させた方が得策だと思うんだがね」

酢醍醐がそう主張すると、間鶴目も冷静な口調で応戦し、

「それを云うなら〝おかしや〟も東京漫才の正統派ですよ。寿司屋くんだって将来有望な人材の一人なのは確かです」

「そりゃ判るが、やっぱりオタプロより吉木だろう。営業の力で見れば、宣伝も吉木の方がはるかに強い」

「関東ローカルではオタプロも負けてはいないはずです。宣伝ということならば、カルチャーの発信地としての東京を中心に考えないといけないと、僕は思いますが」

「そう云うんならお笑いカルチャーの発信地は大阪だろう。だから吉木を蔑《ないがし》ろにするわけにはいかんと、俺は云ってるわけだ」

「とはいえ、オタプロを軽視していいはずもありません」

「別に俺は、なにも軽視しろとまでは云っとらんよ。吉木をより重視した方が賢明だと云っとるんだ」

「それは同義では？」

「いや、断じて同じじゃない」

と、酢醍醐はそう云ってから顔をしかめて、

「いかんな、こりゃ平行線だ。梅小鉢さん、あんたはどうだ？　どっちを推す？」

「私？　そうねえ、私は事務所の力関係で測るのはうまいやり方だとは思えませんけど、見た目から云えば寿司屋くんかなあ、ほら、彼、割とイケメンだし。又割くんも悪くはないんだけど、あの長髪がちょっとウザいかなあ。うーん、でも、どっちもいい男だし、迷うわあ」

悩んでいる梅小鉢を尻目に、酢醍醐は断固として自説を曲げず、

「俺は断然又割だな。『夜の金メダリスト』に一票。絶対にこっちだ」

それに対して間鶴目は沈着な口調で、

「僕は寿司屋くんに一票、かな。『ボクとヨメと猫二匹』ですね。内容的にもこっちの方が優れていると思いますから」

その言葉に、酢醍醐が目を剥いて、

「えっ？　内容って、まさかきみ、中身を読んだのか、小説の」

「ええ、一応は。ざっと流し読みしただけですが」

「ひょっとして、候補作の五冊とも、全部か？」

仰天する酢醍醐に、間鶴目は涼しい顔で、

「まあ、一応。でも本当にざっとですよ。熟読まではしていませんから、別に大したことじゃありません」

「ひゃあ、マメねえ、間鶴目くんも。私なんかそんな時間、全然取れないわあ」

梅小鉢が感嘆の声を上げると、酢醍醐も呆れたのか感心したのか目を見張って、

「いやまったく、俺もとてもじゃないけど中身までは見ていない。きみも忙しいだろうに、よくやるなあ」

久我山も、端で聞いていてびっくりしていた。よもや候補作を読んできている選考委員が

いるとは思わなかった。受賞作は、著者本人の知名度やテレビでの活躍、あとは視聴者の好感度などを基準に選び出されるものと相場が決まっている。そもそもお笑い芸人の書いた本を買う消費者ですら、まともに目を通す人など稀だというのに、律儀というか真面目というか、本当に読んできたとは、これは驚きである。

「それで、ざっと読んだ上での僕の所感なのですが――」

と、間鶴目は、周囲の反応には無関心に、メガネの位置を指で直しながら云う。

「又割くんの本『夜の金メダリスト』は主人公が――これは恐らく作者本人を自己投影した登場人物なのでしょうけど――この主人公が悪所場に通いつめるんです。そこでねっとりと猥褻《わいせつ》な描写がある。卑語も頻出します。多分、本人の実体験がベースになってると思われますが、そういった描写がくどいんですね。しつこすぎて少々下品だと感じました。別に猥褻描写がいけないと云うつもりもないのですが、どうにも必然性を感じられない。ただの枚数稼ぎのためにエロ描写を入れているふうにしか見えないんです。他の場面は割と淡々としているのに、エロ描写になるとやけにねちっこく濃密になるのがどうかと思いました。これがまるで取って付けたみたいに唐突で、木に竹を接いだような印象を受ける。その辺りのバランスが悪くて、全体の構成が破綻しているように僕には読めました。これは受賞作にはちょっと相応しくないのではないか、とそう思えてなりませんでした」

「あらまあ、下品な場面があるの？」

梅小鉢が眉を顰《ひそ》めて聞く。

「ええ、それもふんだんに」

淡泊な表情で間鶴目はうなずく。

「あら、それじゃ、私もそれは嫌ね。品格がなくっちゃ受賞作としては失格でしょ。私は又割くんには反対、だから寿司屋くんの方を推します。『ボクとヨメと猫二匹』、こっちにする」

「うーん、今さらエロ描写ごときで読者もとやかく云わんと思うがなあ、それで作品全体の品格を否定するのは俺は好かんな。だから俺は又割で構わんと思う。『夜の金メダリスト』に一票だ」

と、酢醍醐がなかなか強情なところを見せる。

「それでは僕は『ボクとヨメと猫二匹』に一票です」

「私も『ボクとヨメ』に一票」

と、間鶴目と梅小鉢が反対に回った。酢醍醐は顔をしかめて、

「二対一か、分が悪いな。俺の方が不利みたいだ——おお、そうだ、袖之下くんだ、あいつはどっちに入れてる？　欠席しても一票は一票だからな。袖之下くんの意見を見てみようじ

やないか」

と、大卓の隅に置かれた白い封筒を指さす。話し合いの冒頭で久我山がそこに置いたものである。欠席の選考委員、袖之下諭吉先生から預かってきた封筒だ。久我山は膝で少し卓ににじり寄ると、

「開けましょうか」

と、選考委員達の顔を見回した。酢醍醐が代表して云う。

「うん、開けてくれ」

では、と久我山は封筒の封を切った。中には便箋が一枚、ぺらりと入っている。久我山はそれを読み上げた。

「袖之下諭吉先生の票です、こう書いてあります。『夜の金メダリスト』を推す、以上です」

久我山は便箋を掲げて、その素っ気ない一文が皆に見えるようにした。

「よしっ、これで二対二だ」

酢醍醐が、年甲斐もなくガッツポーズを取った。

「俺の意見が少数派じゃなくなったぞ」

「しかし、これで振り出しですよ」

と、間鶴目は少々うんざりしたように云う。

梅小鉢もため息交じりに、

「袖之下さんも長いものには巻かれろの精神で、吉木芸人を推したのかしらねえ」

「袖之下くんの意図なんぞここで考えても仕方がない。とにかく一票は一票だ。これで票は同数だぞ」

大人げなく勝ち誇ったみたいに酢醍醐が云う。それを冷静な目で見ながら間鶴目は、

「では、どうしたものでしょうか。同数では決められませんが」

「だからさ、間鶴目くん、きみ、折れてくれんか。ここはオタプロより吉木を立てておいた方が利口じゃないか」

「それは理解できますけど、今回ばかりは同意しかねます。やはり作品の品性がネックになると僕は思います。もし『夜の金メダリスト』のような内容でなかったのなら、又割くんの受賞でも一向に構いません。芸歴にも人柄にも問題はありませんから。ただ、この作品での受賞だけはいただけません。あまりにも品格がなさすぎます」

「その辺には目をつぶってくれんかね」

「いえ、作品の根幹に関わる部分ですので、そういうわけにはいきません」

「そこを何とか」

「それはかりはどうにも」

しばし押し問答を続けた挙げ句、間鶴目が翻意しないと見ると、酢醍醐は矛先を変えて、

「梅小鉢さんはどうだ？　ここは俺や袖之下くんの顔を立てて、折れてくれんか」

「うーん、そう云われても困るわあ。先輩のお顔を立てて差し上げたいのは山々ですけど、でもやっぱり私、下品なのは賛成できません。植木賞の値打ちを下げることになると思うんですもの」

「二人とも頑固だなあ、これじゃいつまで経っても埒《らち》が明かんぞ。うーん、こいつはどうすりゃいいんだ」

酢醍醐は、己の頑迷さを棚に上げて唸った。そして、ふと気付いたようで、

「あっ、そうだ、左京区先生だ。そろそろ起こそう。この先生の一票で決めてもらおうじゃないか」

「あらやだ、そういえば左京区先生、寝てらしたんだわ。私、すっかり忘れてた」

「僕も失念していました。うっかりしていましたね」

梅小鉢も間鶴目も、苦笑して云った。座布団を枕に高鼾で寝入っている大御所のことなど、皆完全に意識の外に置いていたらしい。久我山も無論、完全に忘れていた。

酢醍醐が立ち上がって、

「よし、起こすぞ。左京区さん、左京区先生、起きてください、そろそろ議論が山場です

よ」

眠りこけているご老体の肩を、強く揺すった。

「左京区さん、起きてください、もう充分寝たでしょう。時間ですよ、天蓋先生」

「うーん、冷やでいいからもう一杯」

と、寝言を云った左京区天蓋先生は、むっくりと上体を起こした。

「ん？　むにゃむにゃ、何やここは？　ああ、そやった、選考会やったな、いや、すっかり寝てしまいよったわい。ほいで、どないなっとる？　話は進んどるんか？」

寝ぼけ眼を擦りながら云った。

「話し合いはもう佳境ですよ」

と、梅小鉢が云い、左京区天蓋が座布団に座り直すのを待ってから、間鶴目がこれまでの経緯をざっと説明する。

「というわけで、今は二本にまで絞られている状況です。又割直墨の『夜の金メダリスト』と、寿司屋魚嗣の『ボクとヨメと猫二匹』。この二作です」

黙って聞いていた左京区は姿勢を正すと、腕組みをして口を開いた。

「なるほどなるほど、こりゃ図らずも吉木興業対オタナベエンターテインメントっちゅう形になっとるわけやな。東西巨頭の睨み合いや。いやいや、難儀な選択になりよったなあ」

「後は左京区先生の決断次第というところまできています。さあ、ご英断を」

と、酢醍醐が促した。

どうやら酢醍醐は、関西人の左京区先生は大阪の吉木興業に肩入れするに違いない、と読んでいるようだった。

しかし左京区は即答を避け、こちらを向くと、

「なあ、久我山くん、ちょっと聞くけどな、前回の受賞者、誰やったかなあ？」

いきなり尋ねられて面喰らったが、すぐに平常心を取り戻して久我山は答える。

「はい、猿洗急須郎《さるあらいきゅうすろう》さんでした」

「猿洗くんか。確か彼は吉木興業の芸人やったなあ」

「ええ、そうです」

久我山はうなずいた。

「それやったら、その前は誰やった？　前々回の受賞者や」

「牛渡腰蓑彦《うしわたりこしみのひこ》さんですね」

「牛渡くんな、彼は松茸芸能やったなあ」

「はい」

松茸芸能は、吉木興業と並ぶ関西の大手芸能事務所である。

「その前は、どやった？」

「熊倒蜈蚣夫《くまたおしばつたお》さんでした」

「彼も吉木興業やったね」

「おっしゃる通りです」

久我山が答えると、左京区は満足そうな顔つきになり、

「ほしたらな、皆の衆」

と、他の選考委員の面々に顔を向けて、

「聞いての通り、ここ三度ばかりは関西勢の受賞が続いておりますな。ここで今回もまた吉木興業の芸人の受賞ともなれば、これはバランス感覚に欠けるちゅうことにならへんやろか。ヘタしたら芸能マスコミに、癒着や何や云われて痛くもない腹、探られるかもしれへん。そないなことになったら、皆も寝覚めが悪いんとちゃうか。どうやろ、ここはバランスちゅうもんを考えてやね、今回は関東勢に花を持たせるちゅうんはどないかと、わしは思うんやが。どないや、これで丸く収まるんとちゃいますか」

重々しい口調で云った。さすがは重鎮、寝起きでもその飄然とした態度には威厳が感じられる。間鶴目が少しだけ身を乗り出して、

「ということは、寿司屋くんの『ボクとヨメと猫二匹』、こちらでよろしいということです

ね」

「せやな、関西芸人の又割くんには、今回は涙を呑んでもらうちゅうことで。ま、彼ならまた、別のチャンスもあるやろうし」

「そうね、左京区先生のおっしゃる通り、その方がバランスがいいかもねえ」

梅小鉢がうなずき、間鶴目も、

「ええ、我々選考委員の見識が問われるこの場面では、それが最も無難な解決法だと思われます」

こうなると形勢は決したも同然だった。三人の意見がまとまったのだ。これ以上議論を長引かせても不毛だと悟ったのだろう、酢醍醐も頭を搔いて、

「仕方がないですね、左京区先生にそうまで云われたら折れるしかない。判りました、俺も潔く白旗を揚げましょう。この期に及んでぐずぐず云うのは見苦しいですからな。ただし間鶴目くん、梅小鉢さん、今回はひとつ貸しだぞ、いいね」

「ほな、これで一件落着ちゅうことでええんとちゃいますか。ほしたら久我山くん、これで決まりや」

左京区の言葉に、久我山は居住まいを正して、

「判りました。では第一七九回植木賞は、寿司屋魚嗣氏の『ボクとヨメと猫二匹』の受賞と

いうことに決定いたしました。選考委員の先生がた、長い時間ありがとうございました」

深々と、久我山は頭を下げる。

「ま、これで妥当なところやろ」

「ええ、そうよねえ」

「まあ、内容もハートウォーミングなほのぼの路線の家庭物ですから、幅広い読者に受け入れられると思います」

「うん、今日は仕方ない。でも、くどいようだけど間鶴目くん、ひとつ貸しだぜ」

四人の選考委員は和気藹々《わきあいあい》としたムードで喋り合っている。

それを見ながら密かに久我山は、ほっと安堵の息をついた。実をいうと内心、ハラハラしていたのだ。『ボクとヨメと猫二匹』は文學春秒社刊、つまり自社の本だったからだ。対して『夜の金メダリスト』は赤潮社、ライバル出版社が版元である。自分の会社の本が受賞できるかどうか、戦々恐々とした気持ちだった。ふたつに絞られてからは特に、息を詰めて見守っていた。立会人という立場上、口を出すわけにもいかないのがもどかしく、ヤキモキしていたのだ。しかしこれで安心した。やっと緊張感が解けた。

心も晴れやかに久我山は、入り口の襖を細く開けた。そこは靴脱ぎと上がり框《がまち》に繋がっている。後輩の編集者が三人ばかり、狭いスペースにひしめいていた。全員、襖に耳をくっつけた姿勢だった。室内のやり取りに聞き耳を立てていたのだ。そんな後輩の一人に、久我山は小声で伝える。

「聞いての通りだ。各候補者に当落の通知を頼む」

「判りました」

後輩の一人が音もなく、外の廊下へと抜け出して行った。久我山は残った二人に尋ねる。

「茶川賞の方はどうだ、決まったか？」

「いえ、〝蓮の間〟はまだ紛糾しているようです。もうしばらくかかるかと」

「そうか、だったらマスコミへの速報はこっちが先に出そう、手配をよろしく」

「了解です」

後輩がうなずくのを確認してから、久我山は襖を閉めた。

そして座敷に座り直した久我山は、雑談モードの選考委員達に告げる。

「皆さん、お疲れさまでした。それでは早速ですが、ご用意いたします。おーいっ、頼むよ」

両手を柏手のように、勢いよく二度叩く。それを合図に、次の間の襖が二枚、素早く開かれた。どやどやとなだれ込んで来たのは、艶やかな裾引きの和服で着飾った華やかな芸者衆が十人ほど――などではなかった。普通の洋服の男女の一群が十数人、大きな荷物と共に賑やかに入って来る。

「失礼しまーす」

「失礼します」

「おはようございまーす」

彼らは一様に陽気な調子で挨拶をしている。

「それでは、始めてください」

久我山は、その十人ばかりの男女の集団に声をかけた。

「はーい」

元気よく返事をした彼らは二、三人ずつに分かれて、各選考委員の先生がたに付いて仕事を始めた。

「はい、ファンデーション、塗りますねえ」

「ネクタイ、こちらの方がお好みですか？」

「さあさ、まず足袋《たび》から履いてくださーい」

「ヘアセット、いつもの感じでいいですかあ？」

「スーツ、地味すぎます？　こっちにしますか、それともこちら？」

衣装スタイリストとヘアメイク係の一団なのである。大きなメイクボックス、替えの衣装の山、背の高い姿見、ハンガーごと衣装を吊るせる衣類スタンドまで持ち込んでいる者もいる。座敷は急に足の踏み場もないほどごった返し、騒々しくなった。

彼らはプロの手際で、素早く選考委員達の衣装とヘアメイクを整えていく。選考委員達も皆、乗り気で、

「これ、もうちょっと派手な方がいいかなあ」

「きみ、紋付きの紐ね、白やないとあかんよ」

「私、クマを何とかして、目の下のクマ、クマ、クマ、しっかり塗ってちょうだいよ、クマ」

大騒ぎが展開している。これから受賞作発表の記者会見に臨むのだ。選考委員達はその準備に余念がない。

いい、いい、いい、いい、テレビタレントとしては、衣装を着てメイクを整えてカメラの前に立つのは当然のことなのだ。

「寿司屋くんに云うといてや、わしらより目立ったら承知せえへんと。悪目立ちしよったら受賞取り消しやで」

上方漫才の重鎮である左京区天蓋師匠が、上機嫌で冗談を飛ばす。選考会の席上では慣習に従って先生と呼ぶ決まりだが、やはり普段通りに〝師匠〟の方がしっくりくる。この師匠

は関西芸人ではあるものの松茸芸能所属なので、吉木興業対オタナベエンターテインメントの東西二大事務所の対決には一歩距離を置いた立場だったのだ。ちなみに左京区師匠がやたらとねちっこい関西弁を使うのは、東京のテレビに出るため誇張した大阪弁で喋っているうちに、素の時でもオーバーな関西言葉になる癖がついてしまったせいだそうな。

「そうそう、主役は選考委員の俺達だ、受賞者なんかただの添え物だからな」

と、ワイドショーの人気司会者、酢醍醐権現も楽しげに笑う。司会業という仕事柄、人気芸人が多数所属する大手の吉木興業に恩を売りたかったのだろう。最後は関東の巨大事務所にも気を遣って折れたけれど。

「今回の候補は男の子ばかりで助かったわあ、女芸人が受賞なんかしたら、私、霞んじゃうものねえ」

ベテラン女ピン芸人、梅小鉢餡子が陽気に云うと、当意即妙が持ち味の司会者、酢醍醐権現がすかさず茶々を入れる。

「まったまたあ、女芸人が候補になったら、餡子姐《ねえ》さんまっ先に落とすじゃないか。自分より目立つ女芸人は許さないから」

「あら、私そこまで意地悪じゃありませんよ」

「おやそうでしたか、これは失礼」

と、酢醍醐がおどけると、間鶴目幾分人も、

「目立たせてもらうのは僕も同じです。記者会見は芸人にとって一世一代の晴れ舞台ですから」

と、晴れやかな表情で云う。間鶴目幾分人は関東漫才の雄〝かまんべーる〟の片割れで、バラエティー番組ではMC役を務めることも多い。関東のテレビ界には欠かすことができない器用な芸人の一人である。

梅小鉢餡子と間鶴目幾分人は、二人とも吉木興業の芸人ではあるけれど、厳密には東京の子会社、吉木クリエイティブエージェンシーの所属なので、大阪の本家吉木にはさして義理立てする必要を感じなかったようだ。むしろ仲のいい東京のコンビ〝おかしや〟の寿司屋魚嗣を贔屓したかったのだろう。

ちなみに本日欠席している袖之下諭吉師匠も大阪の漫才師で、本社吉木興業の所属である。同じ吉木芸人の又割直墨の『夜の金メダリスト』を推すのは当然だったといえる。

彼らはみんなテレビ出演で忙しい。レギュラー番組を何本も持っている。左京区天蓋師匠が寝ていたのも、何も酔っぱらっていたからだけではなく、テレビ出演の過密スケジュールで疲れていたのが理由だろう。もちろん欠席者が出たのもテレビの収録の都合だ。

そう、現在のお笑いタレントだけが小説を書く時代にあっては、それと同じように選考委

員もまた、当然のことながらテレビタレントが務める。タレントが本を出す潮流ができた最初期から執筆を始めたベテラン勢である。有名なタレントが選んだ受賞作でなければ、視聴者も納得してくれない。

お笑いタレントが本を書き賞を取り、そして彼らが年を重ねて偉くなれば、今度は審査する側に回る。実に自然な流れである。こうして書店に並ぶ本は、そのほぼすべてがお笑いタレントが書いたものになっているのだ。その循環はすっかり世に定着している。

そうこうするうちに、選考委員達の支度が終わった。準備を整えた者からスタイリストやメイク係を引き連れて、ぞろぞろと部屋を出て行く。

「さて、記者会見だ、張り切っていくぞ。テレビ局はキー局が全部来てるんだろうな」

「間鶴目くん、きみね、あんまり派手にボケ倒さんといてや、少しは年寄りに見せ場を譲るんやで」

「僕はツッコミですよ、ボケたりしません。その代わり師匠がたにもバシバシ突っ込んでいくんで、そのおつもりで」

「おいしく突っ込んでちょうだいね、私もなるべくたくさんボケるから。テレビカメラもいっぱいあるんだから、目立たないと損だもんねえ」

賑やかに談笑しつつ、選考委員達はいなくなった。別室の大広間には、テレビ局や新聞社を始めとするマスコミ陣が、準備万端待ち構えているはずである。

さあ、俺も行くとするか――。

久我山は、静かになった部屋で立ち上がると、手早く着替えを始めた。地味なネクタイを外してスーツの上着を脱ぐ。白ワイシャツを、目にも鮮やかなスカイブルーのシャツに替える。その上から金のスパンコールでキラキラ光る眩いばかりのジャケットを羽織った。そして、まっ赤で巨大な蝶ネクタイをつける。これもラメで光り輝く派手なものだ。

さらに久我山は、片付けのために残っていた見習いメイク係を捕まえ、軽くメイクもしてもらう。

こうして準備は万全。今日はデビューの日と決めている。受賞作発表の記者会見会場を、デビューお披露目に利用させてもらうつもりなのだ。選考委員の師匠がたには申し訳ないけれど、今日の主役は俺だ。そう思い、久我山はほくそ笑んだ。

編集者はその職掌柄、人気作家すなわち人気タレントの裏の顔を知り尽くしている。人気芸人の執筆時の裏話、人気タレントが小説のアイディアに行き詰まった挙げ句どんな奇矯な行動に出たか、ベテランタレントが小説のネタを若手芸人からどれだけパクっているか。人気芸人の女癖の悪さ、金の使い方の品のなさ。さらにはインテリで知られる文化人タレントの文章がどれほどヘタクソで、元々の原稿が滞日歴半年くらいの外国人の寝言みたいなレベルであることも熟知している。その小説の体を成していないシロモノを、まともに読めるよう手直ししているのも編集者なのだ。場合によっては九割方、編集者が書いている例もある。久我山は、人気タレントが書き殴ったそうした寝言みたいな原稿のコピーも、たっぷりと所持していた。

そう、テレビ界の人気者達の裏の裏まで知り尽くしている。それが編集者という仕事なのだ。

そこで久我山は、もう何年も前から計画を練っていた。〝編集者タレント〟として自らを売り出すつもりなのである。視聴者は人気芸人の裏話を好むものだ。裏のエピソードを次々と暴露するタレントとしてデビューすれば、テレビで引っ張りだこになるに違いない。人気芸人のあんな顔こんな一面、それを包み隠さずぶっちゃける暴露タレントになれば、きっと大儲けができる。

ネタには当分困らない。これまで多くのタレント作家を担当してきた。エピソードの蓄積は山のようにある。それをテレビで喋りまくる。例の外国人の寝言みたいな原稿のコピーなども、拡大して披露し適宜ツッコミを入れたりしたら、スタジオが爆笑の渦に包み込まれるのは必至だ。

今日の記者会見の場で、ゲリラ的にデビューを宣言する。そのための取っておきの面白ネ夕も仕込んできた。〝おしゃべりクガちゃん〟として今日、テレビ界に殴り込みをかけるのだ。華々しい植木賞受賞作発表会見の席は、格好のお披露目の場になるに違いない。

某大手芸能プロダクションに所属する段取りもつけた。細々したマネージメントはそこに任せればいい。テレビの仕事はギャラが桁違いである。ほんの何年かで、数億を稼ぐことができるだろう。ネタが尽きてテレビ業界から飽きられても、それまでに稼いでしまえば後の人生は悠々自適。人生、勝ち逃げしてしまえばこっちのもの。

さあ、これからテレビに出まくって荒稼ぎしてやるぞ——。

浮き浮きと、踊るような足取りで、会見場へと向かう久我山であった。

遺作

「――」

もはや云うことなど何もない。

俺はそう思った。

九階建てマンションの屋上。そのヘリに俺は立っていた。風が少し感じられる。

空が青い。

染み入るような青空の下、俺の眼下には街並みが拡がっている。遠くに新宿の高層ビル群、そしてスカイツリーも、立てたボールペンみたいに小さく見える。

そんな風景の中、意を決して地を蹴った。

身体が宙に投げ出され、俺は落下する。下のアスファルトの駐車場に向かって落ちる。真下の駐車スペースに、今は車が停まっていないのは確認済みだ。

俺は地面に向かって落ちていく。

途中で身体が反転し、空がひっくり返った。頭を下にした姿勢で俺は落ちる。

落ちる。

落ちる――。

そう、俺は投身自殺を図ったのだ。

九階建てのマンションの屋上から飛び降りた。この高さならば死ぬのには充分だろう。もっとも、ここは自分の住居のマンションなどではない。俺の住む二階建てのボロアパートはこの裏にある。いつも窓から見上げては、あんな高級なマンションに住める身分になりたいものだなあ、と憧れていた建物だった。ここを自殺の場所に選んだのは、憧れがやっかみに育って嫌がらせをしてやろうなどと思ったわけではない。ただ、近かったからだ。理由はそれだけ。マンションの住人やオーナーさんには迷惑をかけるだろうが、もうそんなことを気遣う余裕は俺には残っていなかった。死に場所を探すのすら面倒くさい。手近で済ませればいい。そんな精神状態だったのだ。

住人がオートロックを通るタイミングを待ち、何食わぬ顔で一緒に建物に入った。最上階までエレベーターで上がると、非常用梯子で屋上へと出た。屋上は給水タンクとアンテナが設置してあるだけで、ガランとしていた。人が上がってくることを想定していないようで、手摺りもなかった。俺には好都合だった。わざわざ手摺りを乗り越える手間が省ける。

そして、そこから身を投げた。

死のうと思った理由は、人生がどうにもならなくなったから。五十代半ばにして二進《にっち》も三進《さっち》もいかなくなったのだ。

俺は作家だ。本格ミステリなどを書いている。名前は倉——いや、このペンネームにももう意味はないか。もはやそれは過去のものだ。今の俺に必要なのは戒名くらいだろう。

俺は作家だが、今や堂々とそう名乗る資格があるのか、はなはだ疑問である。小説を発表するアテがなくなってしまったのだ。すべての出版社に見限られてしまった。売れないからだ。

俺の本は売れない。自慢にもならないが、本当に驚くほど売れない。そしてとうとう最後まで売れなかった。そのせいで原稿依頼がなくなった。仕方がないので原稿を持って売り込みもした。しかしどの出版社も、けんもほろろの扱いしかしてくれなかった。まったく相手にしてもらえない。もう本は出してくれない。それはそうだろう、と俺は我がことながら思う。この出版不況の中、売れない作家の本を出す酔狂な出版社はない。

これで収入の道が断たれた。わずかな蓄えはたちまち底を尽き、女房にも逃げられた。来月の家賃はおろか、明日の食い物にも事欠くありさまである。このままでは路上生活者の仲間入りだ。

もうどうにもならなくなった。

すべてが詰んだ。

そんな人生に絶望した。

この年では、もうやり直しも利かない。まっとうな職歴がひとつもない五十代半ばのおっさんに、潰しが利くほど世の中甘くはない。

文弱な元作家には、路上で暮らすようなバイタリティーもない。

もはや死ぬしかない。

俺は自らの人生に幕を引くことを決意した。

そして今、飛び降りた。

九階建てマンションの屋上から身を投げた。

ほんの数秒ですべてが終わるはずだ。

俺の身体は地面に向かって落ちていく。

途中で半回転し、頭が下になった。

その逆さまの姿勢で、俺は落ちる。

落ちていく。

落ちて。

落ちて。

落ちて――。

地面に衝突するはずが、衝撃が来ない。

おや、おかしいぞ、と俺は思う。いや、こんなことを考える余裕のあるのが、そもそも変なのだ。一、二秒でアスファルトに墜落するはずなのに、どうして何かを考えている時間がある？

そして俺は、空中で静止している自分に気付いた。

頭を下にした姿勢のまま、落下の途中で宙に止まっている。

地面が視界に入っている。地面は近い。多分、頭の下ギリギリのところに駐車場のアスファルトがあるのだ。あとほんの数センチで地面に激突するという瞬間で、俺の身体は止まっている。空中で停止している。

何だ、なんなんだこれは、一体どうなってる？　俺は大いに混乱した。

景色が逆さまに見える。

地面のアスファルトが視界の上の方に入っている。

そして、見える物すべてが止まっていた。

そこは何もかもが静止した世界だった。

駐車場の十メートルばかり向こうの歩道を、若い女性が歩いている。女性はスマホを片手で持ちながら、足を一歩踏み出したところで止まっていた。重心が、まだ着地する前の前方の足にかかった、アンバランスな姿勢だった。彼女はまだ、空中で逆立ちの状態のまま静止している俺に気付いてはいないようだった。ごく自然な表情で、スマホに気を取られたまま止まっていた。中途半端に踏み出した足が不自然に見えるけれど。

道を行く車もすべて止まっている。停車しているのではなく、走っている途中で止まっているのだ。トラックの中では若い運転手が、欠伸《あくび》をした途中の姿で停止している。

車道の向こうの、犬を散歩させている老婦人も止まっている。小型の白い犬は、はしゃいで飛び跳ねていた最中らしく、跳躍した姿勢のままで空中に停止していた。

何もかもが止まっている。

世界のすべてが止まっていた。

俺も、地面に頭が衝突する直前で止まっている。逆さまの姿勢で完全に止まっている。あらゆるものが停止しているのだ。その証拠に、指先ひとつ動かすことができない。瞬きすらできず、さらに目を動かして他の風景を見ることさえままならなかった。自分の意思で身体を動かすこともできないのだ。すべてが固定されている。

落ち着いて考えてみると、俺は呼吸すらしていなかった。息を吸おうとしても、自分の意思で身体を動かせないのだからそれも不可能だ。ただし、息苦しいとは感じない。すべてが止まっているわけで、それと同じに呼吸も停止している状態なのだろう。恐らく、血液の流れも心臓の鼓動も止まっているものと思われる。皮膚の感覚すらない。何も感じない。触覚すら止まっているのだ。

さらに、何の音もしない。風の音も、車の走る音も、ちょっとした町のざわめきも、身体が空気を切って落ちる音も、雑音ひとつ聞こえない。

それはそうだろう、と少しだけ冷静さを取り戻しつつ俺は思う。音というのは、つまりは空気の振動だ。空気が震え、それが空中を伝達されて鼓膜が捉えるから人は音を感じる。ただし、このすべてが止まっている状態ではそうはいかない。肝心の空気そのものが停止しているのだから、音など聞こえない道理である。振動すべき空気が止まっているのだから、それが鼓膜を刺激するはずもない。そう考えれば理に適《かな》っている。

空気すら停止して音もない世界。

そんな世界に今、俺はいる。投身自殺の途中で、地面に激突する寸前の、落下している状態で。

いや、待てよ、しかしおかしくないか？

風景は見えているではないか。迫っているアスファルトの地面も、歩きスマホの女性も、車も、犬も。ちゃんと見えている。

見えているというのは、要は光が網膜に映っているということだ。すべてが止まっているのなら、光も止まっていないとおかしいのではないだろうか。光が停止してしまえば、何も見えなくなるはずだ。

光すら止まっているのならば外の風景は目に入らず、まっ暗に感じられなければ理屈に合わない。しかし今は見えている。止まってはいるものの、俺の網膜はしっかりと外界を捉えている。ということは、完全に止まっているわけではないということか？　少なくとも光だけは動いているのだろうか。いや、けれど体感的には完全にすべてが止まっている。瞬きもできないくらいに停止している。だが、外の景色が見えているのだから、一応すべては光の速さのみ見える程度には動いているということか？

いや違う、そうじゃない、逆だ。

俺は今、思考している。考えている。ということは、頭の中の神経系を電気信号が走っていることを意味する。脳細胞にあるニューロンの間のシナプスの中を、パルス信号が行き交っているわけだ。この速度が異常に速くなっていると考えたらどうだろう。そう仮定した方が、この奇怪な現象に説明がつく気がする。

要するに、俺の思考速度だけが途方もなく速くなっているのだ。

常識では到底考えられないほどのスピードで、脳内伝達物質が行き来している。そう考えた方がよさそうだ。もちろんそれは、光の速度には届いていない。何ものも光速を超えられないのは現代物理学の常識だ。だから、それを超えてはいないのだろう。

ただ、限りなく光速に近いほど速く、思考だけができている状態に、俺はあるのだと思う。多分、光の速度の0・999999999999999999999999999999999999999999999999999999999倍くらいの速さといってもいいのだろう。

思考だけがあまりにも速いので、身体の方はついていけずに止まっているも同然の状態になっているわけだ。だから動けないし、何も感知できない。音も聞こえない。眼球を動かすことさえ不可能だから、見えている景色も変わらないのだ。

光だけが律儀にも、網膜に外部の像を光速で映しているから、ほぼ完全に止まっている風景が見えている、という仕組みである。

そう考えれば、一応の辻褄は合う。

もっとも、どうしてそうなっているのかは判らない。原因は不明のままだ。

原因はともかく、この怪現象は恐らく、俺の思考速度だけが尋常でなく速くなっていることが引き起こしているのだろう。身体はちゃんと落下している途中なのだが、その何億倍何兆倍何京倍の速さで、頭の中のみが回転している。そういう状態だと推定される。

だからあらゆるものが止まっているみたいに、俺には感じられるのだ。ただし、外部の世界から見れば、俺はもうあとほんのちょっとで地面に衝突するのだろう。逆さになって頭を下にし、頭頂部は今にも駐車場の地面にぶつかりそうなところだ。間もなくアスファルトに激突した衝撃で、頭部が弾けて即死する。十メートルばかり向こうの歩きスマホの女性も、それに気付いて一瞬後には悲鳴をあげることになるはずだ。

ただし、その直前の一瞬だけ、俺の意識のみが研ぎ澄まされて超高速回転している。死の寸前の一瞬が、長く長く続いている。この瞬間がこうも長々と感じられるのは、ひょっとしたら俺にだけ起こっている現象ではないのかもしれない。もしかすると、誰の身にも起きている可能性がある。死の直前の一瞬だけが引き延ばされる、この現象が。

よく、人は死の間際に走馬燈のように一生を振り返るというではないか。あれは、この怪現象から辛くも生還した人が、この時間引き延ばし体験を語ったものなのかもしれない。ただし、大抵の人間がこの現象を経験してもその一瞬後には死んでしまうので、世の中に認知されていないだけとも考えられる。

なるほど、死ぬ前に一生を回顧する時間が与えられるというわけか。元々人間に備わっている能力なのか、それともごく稀に起きる超常現象なのか、はたまた神様とやらの気まぐれなのか、理由はともかく、どうやらそういうふうになっているらしい。

そう納得するしかなかった。そうとでも考えなくては頭がおかしくなる。だから俺は、無理やり納得することにした。

と同時に、色々と考え始めていた。どうせ他にすることはないのだ。動けないのだし、考えることしかできないのだから。

思えば、虚しい人生だった。

もうすぐこの人生も終わりだと考えると、しみじみとそう感じる。

そしてこれまでの一生を振り返って、俺は自分の来し方を思い出す。

子供の頃や学生の時分の記憶は、もはや朧《おぼろ》げだ。遠い、遥かな思い出にすぎない。遠すぎて、思い出すのも難しい。ほとんど忘れてしまった。覚えていても、それは断片的で、何となく自分のものとしての実感がない。昔のことすぎてそう感じられるのだろう。何といっても三十年、四十年以上も過去のことなのだから。

鮮明に思い出すのは、作家としての人生だ。何しろ、四半世紀も作家として生きてきた。ずっと小説を書き続けてきた。

ただし、大したことのない作家人生だった。

いいことなど、ほとんど何もなかった。

俺は、本格ミステリというジャンルの小説を書いてきた。それが好きだったからである。というか、それ以外は書けなかった。本格一筋に二十五年以上を生きてきた。

ただし、派手なトリックなどを創るのは苦手だった。俺の頭ではそういうのは思いつけない。館全体が動いたり、建物同士が合体したり、島が丸ごと半回転したりするような、驚天動地の大掛かりな仕掛けを思いつく能力はなかったのだ。

それでも一所懸命、面白いミステリを書こうと頑張った。誠実に、真剣に、ロジック重視の作風で、丁寧にミステリを書いた。愚直に書き続けた。興味深い謎を創造し、それを解き明かす過程がロジカルでエキサイティングなものになるよう努力を重ねた。自分では面白いと信じる小説を書いてきた。

ただ、才能がないせいか筆は遅かった。いや、筆は決して遅いというわけではない。書くだけならば、割と早くできるはずだ。ただ、アイディアを思いつかずに七転八倒する時間が、無駄に多かったのだ。うまいネタを考え出すことができずに、連日連夜頭を抱えた。それに時間を取られた。俺にとっての執筆は、ネタを絞り出すのに長期間煩悶し、苦しみもだえるのと同義だ。とにかく時間がかかる。そのせいで遅筆とからかわれ、嘲笑されることも少なくなかった。悔しかったが、反論はできなかった。本の出るペースが遅いのは間違いのない事実だった。

それでも俺は必死に書いた。

真面目に、小説を書き続けた。

こつこつと、原稿に取り組んだ。

ただし、売れなかった。

俺の本はまったく売れない。

新本格ミステリブームの熱気の中、俺はどさくさ紛れにデビューした。新人賞など取っていない。二十五年以上前のことだ。あの頃は俺も若く、何とかなると思っていた。己の才覚を信じていた。世の中の景気も悪くなかった。

しばらくの間は、実際何とかなった。小説を書き、本を出し、ギリギリで喰っていけた。結婚もした。しかし、出版不況のせいもあり、本が売れなくなった。いや、不況のせいばかりではないか。元々部数は出ていなかったのだ。それがさらに悪化しただけのこと。俺の本はさっぱり売れなくなった。仕事が減り、喰い詰めて、金に困るようになった。

そう、金には縁のない人生だった。

ずっと貧乏生活から抜け出せなかった。そりゃそうだ、本が売れないのだから。初版がちょろっと出て、それでおしまい。増刷などかかったことがない。まったく儲からない作家人生だった。そのせいで女房にも逃げられた。まあ、当たり前か。こんな稼ぎのない甲斐性なしの男、一緒にいてもどうにもならない。三行半《みくだりはん》を叩きつけて、女房は実家に帰ってしまった。追いかけたかったけれど、将来のない売れない作家には多分そんな権利はない。子供がいなかったのは、今となってはせめてもの救いか。父親が貧乏作家では、子供にしてみれば堪ったものじゃないだろう。

ただ、売れないなりにも、自分では面白い作品を書いていたつもりだ。しかし世間には受け入れてもらえなかった。二十五年、売れない作家のままだった。世の中の人と感覚がズレているのではないかと、何度も疑った。俺が面白いと信じて書いた本と、世間の読者が望む小説との間に、大きな隔たりがあるんじゃないか。売れないのは、自分の感性がおかしいのが原因かもしれない。そう思うしかなかった。ただし、それを認めるのは辛かった。

自分では面白いつもりなのだ。手応えだって一応は感じる。面白いと自分で思わなければ、二十五年も頑張るのは不可能だろう。だから石に齧り付くようにして、毎日毎日、仕事のことばかり考えて過ごした。

そんな日々の中で、たまに気まぐれを起こして、ネットで自分の名前や作品名の検索を試みたりもした。エゴサーチというやつだ。しかし売れない本は、やっぱりネットでも話題になっていなかった。誰も俺の名前なんか出さない。作品の話もしていない。巷間《こうかん》で〝好きの反対は嫌いではなく、無関心〟だと云われる。俺の小説もその伝で、誰も好きとも嫌いとも云ってくれない。ただ無関心。黙殺だ。相手にしてくれない。新刊を出しても何の反応もない。読後の感想をネットにアップしてくれる人は、ほぼ皆無である。せめて酷評でもいいから反応がほしい。いつも俺はそう思っていた。誰かに読んでもらっているという確証を得たい。自分の小説が読者に届いているという確信がほしい。関心だけでも持ってもらいたい。だけど、誰一人として俺の本については語ってくれないのが実際のところだった。新作のタイトルにすら触れていない。通販サイトのコメント欄もゼロ。ごく稀に、某大型匿名掲示板で、遅筆をからかう罵倒の言葉が出るくらいで、ネットの反応は鈍いままだった。

誰にも読んでもらえない俺の本。何のために書いているのか、よく判らなくなってくる。生活費を稼ぐ手段だと割り切って考えてみようにも、やはりそれは惨めだ。目的が曖昧なのは、空虚すぎる。まるで、穴の闇の中に小石を投げ込むみたいな手応えのなさ。反響する音さえ返ってこない、ブラックホールのごとき穴だ。そこに向かってひたすら石つぶてを投げ込むような日々。

そういえば、ファンレターなるものをもらったことも一度もなかったなあ。俺だって売れたかった。人気作家になってちやほやされたかった。金持ちにもなりたかった。九階建てのマンションに住んでみたかった。

しかしそうはなれなかった。二十五年続けてとうとう芽が出ずに終わった。俺は売れない作家のままだった。多分、才能がなかったのだろう。

才能もないのに、大した覚悟もなくこの業界に飛び込んだのが、思えば失敗だったのかもしれない。

作家の仲間は皆、優れた才能を持っている。

先輩作家は無論のこと、俺より後からデビューした年下の作家も、みんな本物の才能の持ち主だった。斬新なトリックを創案し、面白いストーリーを書く力がある。

俺だけが才能のない、ニセモノの作家だ。

本物の作家はクオリティの高い傑作をどんどん書き、売れて、賞を取ったりする。多くの読者がその著書を喜んで買い求め、面白いと感心する。

俺だけは四苦八苦した挙げ句、つまらない凡作しか書けない。しょせんはニセモノだから秀作を物することなんてできず、結局は売れない。〝本格推理作家倶楽部〟に入れてもらっているけれど、そこでも才能のないニセモノは俺だけだ。パーティーなどがあって本物の作家達が集まっている中に交じると、ひどく肩身が狭い。皆、全身からキラキラした本物オーラを撒き散らし、物腰にも余裕が感じられる。そんな中で、俺だけが物凄く場違いな気がするのだ。ついおどおどして、会場の隅っこに逃げてしまう。才能のないニセモノには居場所などない。そして、とうとう業界の中で文字通り居場所がなくなって、どこにも書かせてもらえなくなった。投身自殺を図ったのも、それが主な理由だ。

ただ、そんなニセモノでも、小説を書くこと自体は好きだった。そして、本格ミステリというジャンルにも愛着がある。

ストーリーを頭の中で練り、それを文章で表現するのは創作欲求を満たしてくれる。文章を書くのは楽しい。書くことは、むしろ快楽ともいえる。

アイディアを考え抜いて閃きを得た時の歓喜。真相に繋がる伏線を前半部分の何気ない描写にうまく隠しおおせた際の、してやったりという感覚。解決編を書いていて名探偵が語るロジックがきれいに流れ、見事に犯人を指摘するまで書き進めた時の快感。そういう手応えを得た時などは、自分が天才なのではないかとカン違いするほどの興奮を味わえるのだ。もちろんそれは単なる錯覚だ。しかしその瞬間だけは、嬉しくて楽しくて堪えられない。

謎解きの物語をうまく解決に導く手順は実に面白く、それを文章で表現できるのも、大いに楽しい。

調子のいい時などは、指先の感触もタイピングするキーボードの存在も、意識から消えてしまう。まるで、脳とディスプレイがダイレクトにリンクしているみたいに、文章を紡ぐことができる。そうした執筆作業の心地よさといったらない。自分の頭の中にだけあった情景が文章として描き出され、創造した登場人物がそこにいるかのごとくそれぞれの声で喋りだす。これこそが創作の喜びであり、醍醐味でもある。時を忘れて没頭できる。気持ちのいい時間だ。

だから文章を書くのは好きだし、本格ミステリというジャンルも大好きである。好きだからこそ、二十五年も続けてこられた。貧乏暮らしにも耐えられた。その快感がなかったら、とっくにやめていただろう。作家なんて人種は、そういう書くこと自体に淫している変態でないと務まらない。何しろ毎日毎日、何時間も机にへばりついて小説を書き続けるのだ。向いていない者に続けられることではない。その点だけは俺にも適性があったのだろうと思う。

ただし、面白くて売れる作品を書ける能力とは、とんと無縁だったみたいだが。

そんな売れない作家を長いことやっていると、本屋に行くのが苦痛になってくる。

デビューする前の若い頃は、あんなにわくわくして通い詰めた場所なのに。新刊の棚を眺めて、どれを読もうかと楽しみでならなかったはずなのに。

それがいつしか、そこへ出入りするのが苦しくなっていた。俺の本ではない物ばかりが売れているからだ。

人気作家は派手なポップで目立つように宣伝され、平積みになって本が売られている。売れている作家は店全体で推してくれる。それでも、売れているのが優れた作品ばかりなら、どうにか我慢もできただろう。しかし、どう考えても俺の本の方が多少はマシだろうと思われるような粗製乱造のつまらないミステリが、ベストセラーになって飛ぶように売れていくのだ。これは辛抱できない。やはり俺の感覚は世間の読者と大きなズレがあるのだなあ、と改めて思い知らされる。

そんなふうに、書店で平積みになっているのは他の作家の本だけ。俺の本など店内に見当たらない。売れないから、店側も仕入れを渋っているのだろう。新刊の発売日のはずなのに、棚差しで一冊しか見つからなかったこともあった。一冊しか仕入れていないのだ、発売日なのに。大型書店の検索システムで調べてみても、すべての既刊が品切れだったこともある。店内の棚に置いていても邪魔にしかならないから、さっさと返本されてしまったのだろう。

本屋さんにも相手にしてもらえない俺の本。きっと、鉦《かね》や太鼓で探して歩いても、俺の本を大切に保管してくれている読者などは、一人も発見できないに違いない。自分の本がかわいそうでならない。

そして自分の本ばかりではない。他の作家の本も、俺にとっては虚しい存在になってしまった。どれを読んでも楽しめなくなったのだ。

若い頃はあれほど楽しくて仕方がなかったはずの読書が、これも苦痛に感じられるようになった。その傾向は、年を経るごとにひどくなっていった。

優れた作品を読めば、ああ俺にはこんな凄い本を書ける才能がない、この作家はこんなに才気に溢れているのに俺は足元にも及ばない、これでは一生かかってもこの人には追いつけない、という劣等感が頭をぐるぐる巡って、悲しくなってくる。逆に、つまらない本を摑まされた時も、精神衛生上大変好ましくない事態になる。どうしてこんなくだらない駄本が俺の本より売れているんだ、こんなひどい駄作が評価されるなんて世の中間違っている、俺の本だって絶対に面白いはずなのにこんなクズ本が罷《まか》り通って俺のは誰も読んでくれない、畜生、悔しい、腹が立つ、と苛立って寝られなくなる。

かように、若い頃のようにわくわくしてページをめくることが、もうできない体質になってしまった。売れないおっさんの僻《ひが》みだというのは自分でも重々承知している。しかし判ってはいても、どうにも抑えられない。僻み根性が染み付いている。

俺の本など誰も手に取ってくれない。

読んでくれない。

だから俺が死んでも、何も残らないのだ。

有名作家の場合は、亡くなればニュースになる。そして多くの読者がその死を悼み、悲しんでくれる。もっと書いてほしかった、素晴らしい作品を書く作家だったのに、惜しい才能を亡くしたものだ、と。

だが、俺なんかがいなくなったところで誰も気にしてくれない。読者はもちろんのこと、出版社の編集者達も気付かないことだろう。消えても惜しまれない作家、それが俺なのだ。作品だって後世に残るはずもない。何しろ刊行される端から絶版になっていくような売れない本ばかりなのだ。誰の心にも響かず、何も届かず、誰の思い出にも残らない。それが俺の本だ。そんな本が後の世に残るはずもない。俺がいなくなれば、作品もこの世にないことになってしまうのだろう。

何ひとつ残すことができなかった無為な人生。

それが俺の一生だ。

何も残せず、生きてきた証さえ何もない。

無同然の、虚しいばかりの意味のない人生——そんな作家の一生だった。

すべてが停止した世界の中で、空中に逆さで静止したまま、俺はそんなことをつらつらと考えていた。

頭のてっぺんが地面まであと数センチのところで止まった姿勢で、考え続けていた。

血の循環も止まっているから、逆さでも頭に血が上ることもない。そもそも全身の感覚がないから不快感もない。景色が上下逆に見えるのが気持ち悪いといえば気持ち悪いが、それもう慣れた。さっきからずっと停止した同じ風景を見続けているから、嫌でも慣れる。

そんな中で、俺はこれまでの人生を振り返った。ただただ、自分が哀れで惨めで悲しく情けなく、俺はさめざめと泣いた。
無論、停止しているから物理的に涙が出るわけではない。
しかし心の内で、俺は泣いた。
自分のちっぽけな一生を回顧し、大いに泣いた。号泣した。
こんな形で俺は一生を終えるのか。
こんなつまらない人生しか生きられなかったのか。
自分がかわいそうでならなかった。
そしてさらに泣いた。
甘い自己憐憫《れんびん》をしゃぶりつくすように味わい、泣き続けた。
かわいそうな俺。
淋しい俺。
悲しい俺。
不幸な俺。
とうとう幸せになれなかった俺。
そうして、甘美な涙の世界に、俺は溺れた。
泣いて泣いて、泣き尽くした。

しかし、そうそう長く泣いていられるものでもないようだった。

涙もやがては涸《か》れる。

泣き疲れた俺は、徐々に平静を取り戻しつつあった。

目の前には、逆さまに停止した世界が拡がっている。

何も動かず、音もない、静止した世界。

何も起こらなかった。

もうそろそろいいんじゃないか、と俺は思った。

一生を振り返った。自分を哀れんでたっぷり泣いた。もう思い残すことはない。

いい加減、時が動き出して頭がアスファルトに叩きつけられ、すべてが終わる頃合いではなかろうか。

もう充分だ。最後の一瞬を存分に過ごした。

泣くだけ泣いて、気分もさっぱりした。

もういいや。

そろそろ終わらせてくれ。

そう思っても、しかし、時は動かなかった。

何も変わらない。

何ひとつ動かない。

逆さに停止した俺は、そのまま思考だけが冴えるばかりだ。

どうしよう。

暇になった。

今際《いまわ》の際《きわ》だというのにすることがなくなってしまった。

もう考えるべきこともない。思い出にも浸り尽くした。一生を振り返り終えた。泣いてもやもやも洗い流せた。

だのにやることがないのだ。

そもそも身体を動かせない。瞬きどころか視線すら動かせない。止まった情景はさっきからずっと同じで、一向に動きがなかった。変化がひとつもない。

暇だ。

することがない。

退屈を持て余す。

あまりにもやることがないので、俺はつい、いつもの習慣を始めてしまう。暇な時は小説のネタを考える。それが長い作家生活の中で身に付いた習慣だった。アイディアを思いつくのに時間がかかるタイプなので、暇さえあれば小説のネタを考える。それが習い性となってしまっている。

電車に揺られながら、眠れぬ夜の布団の中で、町を歩きながら、一人きりの食卓で、どんな時でも、ついつい考えてしまう。いいネタはないか、アイディアが浮かばないか、ミステリで使える面白い思いつきはないか。頭の中でぐるぐる考えるのが、いつもの癖だった。

幸い時間はたっぷりある。

色々と、こねくり回して頭の中で考える。

そうこうするうちに、何か閃くものがあった。まっ暗闇の中で、かすかな閃光が走り抜けるこの感覚。この微妙な感触には覚えがある。アイディアの核のようなものが頭に浮かんだ時の、あのめったに起こることのない、得がたい瞬間の手触りだ。

これは使えるかもしれない――と、脆《もろ》く壊れやすいそのネタの元みたいな思いつきを、慎重に頭の中で転がす。

そうしているうちに、徐々にそれは具体的な形をとってくる。ミステリのメイントリックに使えるアイディアが、だんだん鮮明になって見えてくる。

うん、なかなか面白いネタだ、このアイディアは使えるぞ。

密室殺人トリックのバリエーションだった。このアイディアをこういう形で処理した先行作品は、まだないのではないか。誰もやったことのないアプローチだ。そう考えるとちょっと興奮してきた。これは面白いトリックだぞ。うまく肉付けしてやればきっといい小説になる。

俺はさらに、そのアイディアを頭の中で、ころりころりといじくり回す。

このトリックを活かすにはどういう舞台設定が必要だ？　登場人物はどうする？　目撃者は？　容疑者は？　犯人の動機はどんなのにする？

ぐるぐるぐるぐると考える。

密室に見えるようにするには目撃者が必要だ。この目撃者の証言に嘘があると読者に疑われてはいけない。絶対に信頼できる証言者にしなくては。あっ、そうか、この目撃者を主人公にして、視点人物にしてしまえばいいのか。一人称で地の文を語らせれば、本格ミステリのルールで、そこには絶対に嘘がないと保証できる。うん、そうだそうだ、主人公は事件の起こる建物の入り口をずっと見張っていた、と。そして密室殺人が起きた後で正直に、誰も出入りしていなかったと証言してしまう。そのせいで、警察に疑いを向けられるんだ。そういう流れにすればサスペンス性も生まれる。よし、そうなると主人公が入り口を見張っていた必然性がないといけないな。張り込みか？　刑事の張り込みにするか。いや、法的権限がある刑事ではつまらないな。それだったら私立探偵の方がいいか。うん、なるほど、私立探偵が依頼を受けて張り込みをして、事件に巻き込まれるわけだな。それで、真相を見破らないと自分が犯人だと疑われてしまう。これで事件に関わる必然性ができるぞ。そうなると主人公が依頼を受ける場面が冒頭のシーンになるわけか。この依頼もできるだけ突飛なものにしておいた方がいいな。そうすれば読者の興味も引っ張れるし、ストーリーに弾みがつく。奇妙な依頼だが報酬が破格だから、主人公の探偵はこれを引き受けるわけだ。そういう探偵だから、あまり儲かっていない一匹狼的な男に設定しておくのがいいな。繁華街の裏通りのオンボロビルに事務所を構える、しがない中年男の探偵だ。うん、この設定は使えるな。その主人公が見張っている建物で密室殺人が起きるわけだ。この建物も、なるたけ奇抜な建造物にした方が面白いか。出入り口はひとつしかなくて、抜け道はない、そんな建物だ。何がいいかな、裏口がないようなシンプルな構造の建物。土蔵か、倉庫か、いや、お堂がいいか。うん、被害者はお堂に籠もって一晩、行か何かをしているわけか。それを主人公は見張っている。出入りした者は誰もいない。そうか、お堂に籠もるということは、被害者は胡散《うさん》くさい新興宗教の教祖様か何かだろうな。その方が怪しげなムードが出て面白くなる。その教祖様が密室で殺されるわけだ。自殺や事故の可能性がないように、死因は工夫しないとな。絞殺にするか、それとも背中をナイフで刺されていた方がいいか。それよりも射殺されていて、凶器の銃もどこにも見つからないことにしてしまおうか。容疑者も何人か並べておいた方がいいな。怪しげな人物、人畜無害そうで逆に疑わしい人物、依頼人も思いきり不審な感じにしておくのもいいか。いっそのこと依頼人が犯人とか、いやいや、それはありきたりだな、依頼人が怪しいと読者に思わせておいて、二番目の被害者にしてしまうのはどうだろう。うん、いいな、それなら意表を突いた展開になるぞ。あとは何が必要だ？　登場人物の相関関係と犯人の動機と、それに主人公が密室トリックを見破る糸口も作っておかないといけないか——。

ストーリーを、細部まで練った。

あれをこうして、ここをああして、それをそうして、と工夫を重ねる。

プロットを組んでは崩し、崩しては組み直し、物語をより強固なものに仕立てていく。

ブラッシュアップを繰り返し、話の展開がスムーズに流れるようにする。

そんな具合に、俺は考えた。考えて考えて、考え続けた。

そうこうするうちに、とうとう長編一本分のプロットが出来上がっていた。

これは面白いものになる。いい作品ができる。そう俺は確信する。

そんなふうに思う間も思考は止まらない。プロットは磨かれ、研ぎ澄まされて、どんどん完成形に近づいていく。うん、もう書き出せる。いつでも原稿にできる。そんなところまで達していた。

しかし待てよ、と俺は、はたと気付いた。

これを書いている時間は、もう俺にはないではないか。何せ、思考だけはこうしてハイスピードで暴走しているものの、肉体的にいうのならほんの一瞬後には頭から地面に衝突する身なのだ。

死の一瞬前、それが永遠に近い状態で続いている。時間の檻に囚われている。

そんな状況下で、俺は考えていた。

書きたい、と。

思いついたこのプロットを小説に仕上げたい。きっと面白いものができるはずだ。これまでにない傑作になる。自信がある。

作家とは結局、書くことに淫した変態的な人種なのだ。アイディアを思いついたら、もう書かずにはいられない。書くことが本能になっている生き物なのだ。

書きたい。

俺は切実にそう思った。

どうしても書きたい。

逆さ吊りで空中に止まった姿勢のままで、強くそう願った。

書きたい。

このアイディアを文章にしたい。小説という形にしたい、原稿に仕上げたい。その思いはどんどん強くなり、やがて身体から衝動として湧き上がってくる。

書きたい――！

売れない売れないとボヤきながらも、要は書くのが好きなのだ。書かずにはいられない。

それが身に染み付いてしまっている。

俺はつまり、作家なのだ。

ニセモノか本物かなどはどうでもいい。ただ、俺は根っからの作家であるのだ。

だから、書きたい。

強くそう思う。

矢も盾も堪らない。

書きたくて仕方がない。

書きたい。

書きたい。

書きたい。

書きたい――。

本書はフィクションであり、登場する作家、編集者、編集部、出版社等の個人及び団体名はすべて架空のものです。万が一実在する人物団体等に類似したものがあるとしても、それは純然たる偶然であり著者に他意はありません。ありませんったらありません。ええ、本当にありませんとも。さらに何らかの批判性やメッセージ性などは一切こめられていないことも明言しておきます。全部ただの悪ふざけですので、平にご容赦を。本当に、マジで、ちょっとふざけただけですんで勘弁してくださ い。ホント、すみません。ごめんなさいすみません。

倉知淳

作家の人たちと編集の人たち座談会

本作は、業界の内幕を暴露した（!?）問題作。なぜ、これを書くに至ったか、どこまでが真実なのか、話し合うべく座談会が開かれたが……。

――早速ですが、本日は倉知淳さんの『作家の人たち』について、皆さんに忌憚《きたん》のない感想を言っていただければと思います。最初にお断りなんですが、肝心の倉知さんが体調不良で欠席とのことで、急遽、本書にも登場する、作家の……えーっと……。

倉痴　「倉痴」です。倉知さんの「倉」に、『痴人の愛』の「痴」です。倉知さんとは長い付き合いなので、代わりにお答えしますよ。

――そうでした。倉痴さん、です。それから二人の現役編集者にも来ていただいています。まずは倉知さんと長いお付き合いで、ミステリの担当書も多いMさん。

編集M　編集者歴はだいたい二十年です。

——もう一人、なにかと話題の本を出す出版社にお勤めのＡさん。
編集Ａ　私は編集者歴二十五年で、ジャンルはこだわらずに、色々な本を編集してきました。
——『作家の人たち』にはタイトル通り、作家の現状をめぐる七つの作品が収録されています。昨今の厳しい出版事情を反映しながら、作品ごとに違う趣向が凝らしてあります。Ａさんはどんな感想を持ちましたか？
編集Ａ　冒頭の「押し売り作家」を読んで、倉知さんはどうしてこんなに編集者の気持ちがわかるんだろう！　と驚きました。何作も出している中堅作家の方が、長編原稿を持っていろんな出版社の編集者を訪ねて、なんとか出版してほしい、と頼む。でもその人の人気はいまひとつで、正直売れない。というわけで、「当社では出せません」とお断りをするわけですが、その編集者たちの「お断り」のパターンがリアルに色々と描かれている。いかにもこんなこと言いそうだな、という感じで。もちろん倉知さんご自身は、出版社に企画を持ち込んで断られた経験はないと思うので、どうやって編集者の心理を書いたのかな、と。作家の想像力なんでしょうか。
倉痴　それは、そうでしょう。編集者の立場になったことはないわけですから。
——取材でもなく？
倉痴　倉知さんて人は取材をしないんですよね。前に自慢していましたが、デビュー作を書くときに目黒の寄生虫館に取材に行って以来、取材というものを一回もしたことがない、って。まあ、自慢になるかって話ですけどね。
編集A　取材なしで、あれだけリアルに書けるなんて、凄い。こんなふうに小説家の方は編集者の心理を読んでいるんだ――と、私は肝が冷えましたね。
倉痴　本人はそこまで深くは考えていないと思いますよ。
編集M　あえて取材はしていなくても、実際に見たり聞いたりしたことが、今回の作品集のベースになっているんでしょうね。
編集A　実際に、作家仲間でいわば「愚痴り合い」があったわけでもなくて。
倉痴　いや、僕――じゃなくて、倉知さん自身が愚痴を言うことは全然ないですね。一応、彼はずっと、オファーをいただいてから書くというやりかたで、企画の押し売りに行ったことはないし、他の作家の話も聞いたことはないと思いますよ。
編集M　自分は持ち込みを受けた経験はほとんどないんです。まれにプロの方から打診があったときには、どうにもならない場合はお断りしますけれど、設定やネタをうかがったうえで「検討させていただきます」と言ってお預かりすることもなくはないです。ミステリなら、年間ランキングにランクインするなどして脚光を浴びる可能性もあるので、出来が良ければ刊行を前向きに検討できます。でも、抜本的に直す必要があって、大変そうなときは、それを理由にお断りすることになりますね。
編集A　お断りすることに、ご理解いただけているんですね。
編集M　作中にも書かれているように、「いくらでも直す」と、おっしゃる方もいます。でも、修正が不可能だろうと判断する場合も割とあるので、内容的に難しいときはそうお伝えします。
編集A　ミステリに特化すると、物語の構造や様式、謎をめぐる部分こそが重要ですからね。
倉痴　小説のトリックが完全に使い物にならないとか、そういう問題ですか。
編集M　そうですね。メインアイディアや、それに近いところに重大な瑕疵がある場合。あとは前例があるとか、新しいアイディアが盛り込まれていなかった、とか。割合ご納得いただけます。
――でも普通の小説の場合は、返事が難しいでしょうね。
編集A　そうなんですよ。作品のどこが良くないのかを言っても、編集者の好みの問題と取られる部分もありますし。本当に編集者によって好き嫌いや良いと思うポイントも違うと思うので、「この作品、私にはちょっと難しいですが、ただこれをすごく理解する編集者もいるはずですので……」みたいな言い方をするかな。
編集M　でも近年は編集者がますます忙しくなっているので、たとえ対応する気持ちがあっても時間がない、というのが正直なところでしょうね……。「押し売り作家」では、最後のパーティーの場面が最高にリアルだと思いました。
倉痴　ありそうですよね。
編集A　モデルになっている作家さんが、本当に良い方なんですよね。さわやかで背が高くて一切悪気なく——というところが、またリアルでした。
倉痴　ところどころに、「これは業界の人だけ笑ってくれればいい」という、ギャグを入れていますね。

舞台役者から作家へ

編集A　「押し売り作家」では、本格ミステリ小説界の構造が物語の中でわかりやすく説明されていて、そこも面白かったです。どこまで倉知さんが意図したんでしょうか。
倉痴　倉知淳さんがミステリ作家なので、そのせいでしょうね。ミステリ以外のものは書いたことがなくて、今回、初めてミステリではない小説に挑戦したわけです。
編集M　そういえば「文学賞選考会」に出てくる、作家たちの名前はどうやって決めたんでしょうね、倉知さんは。

倉痴　適当だと思いますよ。多分、具体的な誰かを想像しないように、気を遣って、珍名を並べたんでしょう。
編集A　モデルの実在を想像させないパターンと、〝結局尚彦〟のように、「この人は、実在の作家を想像して欲しい」というキャラクターがいて、そのへんのバランスが倉知さんは上手ですね。
編集M　ここで触れていいのか迷いますが、「文学賞選考会」ではものすごい珍名の選考委員ばかりが並んでいて、候補者もすべて珍名なんですが、選考の終盤で候補が二人に絞られたとき、「ああ、ここにもネタがあったんだ」と気付きます。珍名の群れのなかに、ひそかな遊びが隠されている。その固有名詞の書き分け、パロディぶりが見事だと思いました。
倉痴　倉知さん、芸が細かいですね。でも実はあまり考えていないのかもしれない。
編集M　本の前半には「本当にリアルだな」と思わせる作品が並び、後半に入ると、どんどんファンタスティックになっていく。でも締めの「遺作」で、リアルな思いの丈を詰め込んで終わるという構成ですね。前半で自分が一番笑えなかったのは、デビューして会社を辞めてしまった作家が主人公の「夢の印税生活」です。一般読者とは違う視点だと思うんですが、『作家の人たち』を読んで、半年くらい経ってから思い返したとき、真っ先に頭に浮かぶのは「夢の印税生活」だろうな、と感じました。ひたすら痛ましい。

倉痴　私も、本当に笑えなかったです。
編集A　倉知淳さん自身は、デビューのときから専業作家だったんでしょうか。
倉痴　いやいや、あの人はバイト生活をしていました。大学を出てから、一回もちゃんと就職したことがなくて、「職歴がない」って自慢してました。
編集A　取材はしない、職歴はない。
倉痴　ろくなもんじゃないですね。
編集A　作家を目指して、バイトをしているけれど、いつか俺は印税で食っていくぜ――みたいな？
倉痴　いや、彼はそういう人じゃないですよ。ずっとバイトして、デビューするまで小説なんて書いたことがなかった。聞くところによると、倉知さんて、実は売れない舞台役者だったみたいですよ。帝国劇場とか東京宝塚劇場とか、けっこう大きな舞台に出ていたんだって。
編集A　……！　Mさん、それはご存じでしたか。
編集M　実は、先日、初めて知りまして。驚きますよね帝国劇場ですよ!?
倉痴　自分からはまず言わないんですけどね。だから一番最初に本を出すときに打ち合わせをしたのも、有楽町の芸術座という劇場に出ているときで。東京創元社さんの担当の方と初めてお目にかかって、そのまま楽屋入りした――というエピソードがあるんです。

編集A　舞台役者は食べていけるんですか。
倉痴　いや食べてはいけないです。もちろん、中には成り立っている人もいますけれど、若手は難しいみたい。生活のためにバイト漬けになってしまって。
編集A　それで舞台役者をやめて、作家に。
倉痴　そうですね。デビュー後は作家の収入一本で。当時、僕もデビューしていましたが、出版業界も今ほど冷え込んでいなかった。二十五年くらい前ですが、書き下ろし小説を一冊出すと一年は食べていけたんですよ。
編集M　とはいえ、けっこう節約生活をしたうえで、でしょうけど。
倉痴　もともと舞台役者をやっていたくらいだから、貧乏には慣れていたんでしょう。
編集A　当時は単行本で出た本が文庫化されるようになると、食べていけるという話がありました。
倉痴　そうそう。倉知さんも、最初の文庫が出たあたりでバイトをすっぱりやめたんじゃないかな。
――「夢の印税生活」で、編集者はデビューが決まった作家に、会社は辞めないように忠告しますね。
編集A　私も作品に出てくる編集者ほどダイレクトではないですが、「仕事は続けたほうがいいと思いますよ」と言いますね。Mさんはどうですか？
編集M　真っ先に言います。だって、本当に不幸になって欲しくないという気持ちがありますから。
編集A　もちろんデビューしたら「作家に専念したい」と思うのは当然です。一方で、有栖川有栖さんが随分長いこと、ベストセラー作家になってからも書店員をやめずに続けていらして。それは素敵だなって思っていました。
倉痴　堅実ですね。
編集M　「夢の印税生活」は十年前だったら、まだ業界も笑って読めたような気がします。それが今となっては、かなりリアルになってしまった。
倉痴　洒落にならないですね。

原稿を読むのも楽ではない

編集A　「持ち込み歓迎」には、京極夏彦さんを思わせる新人が持ち込みからデビューし、ヒット作を連発したことで、作家志望者の面接をやることにした出版社が出てきます。Mさんの会社はわかりませんが、私の会社では「随時、原稿を受け付けていたら、京極夏彦さんみたいな人が来るかもしれない」と、何年かに一度、浅はかにもそんな話で盛り上がるんですが――。
倉痴　第二の京極夏彦を出そうよと。
編集A　京極さんが原稿を送ってデビューしたから、メフィスト賞も続いているわけであって、他の出版社が募集だけしても、同じようにはいかないですよね。
編集M　メフィスト賞は凄い賞だと思います。あそこから辻村深月さんや古処誠二さんみたいな方を輩出しているわけですから。でも編集者は大変でしょうが。多分常に原稿が送られてくる状態でしょう？　おまけに京極さんが最初だと、「長いものを書かないといけないんだ」と考えた人たちもいたでしょうし。その傾向はさすがにもう収まっていると思うんですけど、大長編がたくさん来ていた時期もあっただろうなあ、と。長大な受賞作、けっこうありましたもんね。
――物理的にも原稿が溢れて大変だったでしょうね。
倉痴　原稿は場所を取りますから。
編集A　そういう意味では、「持ち込み歓迎」の設定は、原稿の応募ではなく面接方式なので、むしろ、楽かもしれないですね。
編集M　書くのはもっと大変だとわかっていますが、読むのもそれはそれで大変なんですよね。膨大な量を読まなくてはならないし、だからといって流し読みもしたくない。
――編集者は色々な可能性を探りながら読むわけですし。
編集A　倉知淳さんは、受賞なさってデビューしたんですよね。
倉痴　たまたま「五十円玉二十枚の謎」という公募企画があって。
編集M　その応募作が、倉知さんの初めて書いた小説だったそうです。
編集A　舞台役者が初めて書いた小説で、デビュー！
倉痴　でも応募総数が三十六点くらいで、受賞が六人くらいいましたから。
編集M　受賞後に、当時の東京創元社の編集長から「本を出しませんか」という話をされたんですよね。書いてみたら、そのまま本が出たという、世にも幸運な人で。
倉痴　よくまあ没になんなかったもんですね。まったくの素人が。
編集A　今でも作家として書き続けてらっしゃるんだから、その編集長は慧眼の持ち主でしたね。
倉痴　でもほんと綱渡りですもんね。僕や倉知さんみたいな下っ端のほうは。
編集M　いえいえ何をおっしゃいますか。……とにかく『作家の人たち』に書かれていることは、特に前半はリアルなんですけれど、それでも倉知さんの想像の所産ではあるだろうな、と思います。実際の倉知さんは持ち込みをしたことがないでしょうし、それ以上に、自分のリアルな経験だったら、ここまで面白おかしく書けないだろうなと思うので。
編集A　辛すぎますよね。
編集M　執筆中、痛む歯をずっと舌や指でつつき回しているようなものじゃないですか。『作家の人たち』は、そういう辛さが滲み出たものではないですね。だから笑って読める。
編集A　「悪魔のささやき」も趣向が凝らされていて面白かった。「とにかく書評に取り上げられたい」という話を、リアルに作家さんから聞いたことがあるんですよ。
編集M　私もあります。
倉痴　そうでしょうね。そういう作家はいるでしょう。
編集A　直接的に「誉められたい」という言い方ではないんですよ。ただ、いつも確実に面白い作品を書く方で、中堅になって賞の候補にも何度かなったりすると、「なかなか書評に取り上げてもらえない」と。注目されるのは新人か大御所になるという話は聞いたことがあります。
倉痴　そういう状況なんだ。出した本の反応は、倉知さんがすごく気にしてることなんですよ。ミステリを書いているけれど、どちらかというとユーモアっぽい作品が多くて、「お笑いはなめられる」というのが、彼の持論で。書評映えしないし、賞の対象にならない。お笑い系は賞の候補にもしてもらえないって、とても気にしてますね。

編集M　そうか、リアルなネタだったんですね。
――海外と違って、日本はなぜかユーモアへの評価が低いですから。
編集M　「らのべっ！」や「文学賞選考会」は、「ある一つのアイディアを基軸にしてちょっとひねる」ところからファンタスティックな話を作り上げていますね。ミステリ的な仕掛けだったり、皮肉だったり。
倉痴　そうですね。
編集M　ライトノベル業界のことは恐縮ながらよく知らないのですが、「らのべっ！」は読み進めていくと、「なるほど、今回のポイントはここに用意されていたのか」と気付く構成になっています。ミステリ的な手法の短編ですね。「文学賞選考会」のほうは違う手法を採っていて、ミステリ的ではないですが、後半で「今回の皮肉はここか」とやはりポイントが明らかになる瞬間がある。
編集A　私は「らのべっ！」に出てくるような編集者を、ジャンルは違うんですが知っていて。いつも「俺は仕事ができる！　仕事が楽しい！」って感じでキラキラしていて、実際にヒット作を連発しているんですけど……。「文学賞選考会」は、発想を飛ばして書いているグルーヴ感があって、近未来的な印象でした。待ち会の話じゃないのも意外で。
倉痴　倉知さんが待ち会をやったことがないから、客観的に見られるんでしょう。待ち会の経験があれば、作家の立場から書くんじゃないですか。きっと。

世の中からずれている感じ

——そして最後に置かれた「遺作」は、それまで笑って読んできた作品を、改めて読み直したくなる、本全体の見方が変わるような作品です。
編集M　最後に思いの丈を詰め込んだという感じですね。それがきっぱりわかります（笑）。……と、それはさておき、主人公の売れない作家は、自分について「今の読者と感覚がずれているのではないか」と何度も疑っています。倉知さんはそうではないですが、ずれてきているな、と感じる方もたまにいらっしゃいますよね。
編集A　ある程度、作品を発表してきた人で？
編集M　そうですね、世の中って移り変わりますから。数年経って元に戻るような一過性のものもあれば、もう元には戻らないものもある。簡単に変わっちゃいけないところと、柔軟に変えていかなければならないところ、というか。世間とのズレが逆に面白いというふうに転化する幸福な例もあるでしょうが、程度問題になってしまいがちですよね。
倉痴　痛いよ、痛いよ。

――「世の中からずれている感じ」とは、ストーリーの展開ですか。それとも言葉遣いとか？
編集Ｍ　あるいは、ものの考え方とか。「売れる」という観点から考えるなら、読者のニーズが完全に変わってしまっていたりとか、あまりに狭いところを狙い過ぎているとか……。
編集Ａ　倉知さんとしては、この最後のお話は身につまされているのかな。
倉痴　これはもう、いっそ思いの丈を綴ったんじゃないでしょうか。いまいちこのパッとしない現状を。
編集Ａ　でも、倉知淳さんはリアルにこうではないから、物語に落とし込めるわけですもんね。
倉痴　いやかなり、卑屈ですからねあの人。
編集Ｍ　私は倉知さんの担当をして長いんですけれど、「きちんと売れていて、恵まれているし、人気もあるから大丈夫ですよ」と、何度も申し上げても、ご本人はあんまりぴんときていないようなんですよ。
倉痴　恵まれていて、運がいいという自覚はあるんでしょうけど、売れているとは思っていないでしょう、彼は。
編集Ｍ　単純な質問ですが、この連作を書いている間、「遺作」だけは最後に持ってこようって決めていたんですか。

倉痴　それはもちろん。これは最後に喉も嗄《か》れよとばかりの絶唱ですよ。

――面白い座談会をありがとうございました。倉痴さん、倉知さんによろしくお伝えください！

構成・矢内裕子
「小説幻冬」二〇一九年四月号より

この作品は二〇一九年四月小社より刊行されたものです。

作家《さっか》の人《ひと》たち

倉《くら》知《ち》淳《じゅん》

令和3年6月10日　初版発行
発行人――石原正康
編集人――高部真人
発行所――株式会社幻冬舎
〒151-0051東京都渋谷区千駄ヶ谷4-9-7
電話　03(5411)6222(営業)
03(5411)6211(編集)
振替00120-8-767643
印刷・製本―中央精版印刷株式会社
装丁者――高橋雅之

幻冬舎文庫

ISBN978-4-344-43090-7　C0193　く-25-1